愚か者の最後の恋人　もくじ

イラスト／高階佑《たかしなゆう》

愚か者の最後の恋人

花丸文庫BLACK

樋口美沙緒

一

南洋に囲まれたフェーラ国の春は、エティリア半島でも一足早く訪れる。フェーラの南端に位置するこの都市ペルジーノでも、咲きみだれるミモザが街角を金に染め、街道へ甘い香りを運んでいた。

「フレイ様はいつまでご結婚から逃げるおつもりですか？　ご実家のコンセ市では兄君のノクシア様がずっとご心配なんですよ！」

キユナ・フィーレンは大声を張りあげたが、言われたフレイ・エオトスは長椅子《ながいす》にだらしなく寝そべってリュートを抱えなおし、柔らかな旋律を器用に奏でる指を止めなかった。

「キユナ、この旋律、どう思う？　報われぬ恋に身悶《みもだ》える切なさが伝わるか？」

「フレイ様、俺の話をちゃんと聞いてください」

キユナはもともとつりぎみの大きな黒眼を、さらにきつくつりあげて身を乗り出した。

キユナの容姿は、白い肌に明るい髪と眼の色を持つ者がほとんどのこのエティリア半島では珍しい。髪は夜空のようにまっ黒で、一本一本が細い。大きな瞳も黒く目尻が切れあがり、健康そうな象牙色の肌、細い手足に薄く乗った筋肉はしなやかだ。青年というにはまだ少しふっくらとしている頬を怒りで紅潮させ、細い体いっぱいに怒気を漲《みなぎ》らせたキユナは、毛を逆立てた猫を思わせる。だが目の前のフレイはまるでキユナを相手にせず、キユナは苛立ちと無力感でいっぱいになっていた。

「突っ立っていないで座ったらどうだ。俺がお前の幼い耳に、恋の曲を聴かせてやろう」

フレイは飄々《ひょうひょう》と笑い、軽薄な誘いをかけてくる。

壁一面に物語絵が描かれ、ずらりと並んだ長窓や深紅のビロードを張った応接具の数々、神話の神々を模した銀製の砂糖入れなどが贅沢《ぜいたく》なこの部屋は、都市ペルジーノにあるエオトス家の別邸だった。キユナが従者として仕えているエオトス家は、フェーラの大きな都市、コンセの領主家で、フレイはその家の次男坊。まぎれもない貴族である。

とはいえ都市コンセの領主は彼の異母兄ノクシアで、今のところフレイは特に仕事も持たず、相続した遺産で遊び暮らしている放蕩者《ほうとうもの》。だがこのところノクシアは、フレイに結婚してほしい、領主の仕事を手伝ってほしい、と望んでいた。

(フレイ様が結婚も仕事も嫌がるのは、ただ面倒くさいだけなんだろ……)

キユナは内心毒づきながら、薄い唇をきゅっと結んだ。

都市ペルジーノはコンセの都から馬行で一日半ほどの距離にある大きな都市だ。エオトス家の領地ではないが、別邸は置いてある。フレイは先月からその別邸へ入りびたり、コンセに戻らないまま一ヵ月が経《た》とうとしていた。フレイの従者であるキユナは、ノクシアからフレイを連れ帰るように言われ、毎日のようにフレイへコンセへの帰都をうながしている。だがはぐらかすばかりのフレイに、そろそろ我慢も限界だった。

「お前は結婚結婚と言うが、会ったことも見たことも名前も知らない許婚《いいなずけ》だぞ？　しかも、相手は男だ。美少年ならいいがな。ごつい男が相手だったらどうしてくれるんだ」

「フレイ様は『愛の迷い子』なんですから、お相手が男性なのは当たり前です。それに、そろそろお仕事だってされるべきです」

「領主補佐なんぞ、俺にできるとお前は思うのか？」

訊かれて、キユナはぐっと黙った。エオトス家の屋敷に拾われてから十二年、子どものころは兄弟のように育ったから、キユナはフレイの性格をよく知っていた。フレイが愛の詩を歌うのは想像できても、机の上でもくもくと仕事に励む姿など考えられない。

「ですがノクシア様は、領主のお仕事を一人でするのは大変だと……」

それでもキユナは、コンセにいる領主ノクシアのために小声で反論した。

フェーラはコンセやペルジーノのような自由都市が集まってできた国で、それぞれの都市をそれぞれの領主が治め、商売もしている。ノクシアの治めるコンセは大きく、所領は広い。そのうえ交易船を持ち芸術家を育ててもいるノクシアは忙しく、ここ数年、フレイに領主補佐を頼みたがっていた。

「残念だが、神は俺に仕事は他者へ任せよ、汝は愛し歌えよ、と言われているのさ。ああ実に惜しいが、そういうわけで無理だな」

芝居がかった口調でフレイが眼を細めると、凶悪なまでの色香が漂う。小柄で骨格の細いキュナと違い、フレイは長身のうえに厚みのある引き締まった体躯《たいく》をしている。亜麻色の髪に飴色の瞳、鼻梁は高く通り、男らしく澄んだ声は歌手も顔負けの美声で、誰もがみとれる美男子だ。だが性格はいいかげんな道楽男。

「……半分とはいえ、ノクシア様と血のつながりがあるなんて信じられません」

「兄上は正妻の子どもだろ。俺は『愛の迷い子』だから、いいかげんでちょうどいいのさ」

フレイは広い肩を大仰にすくめ、いけしゃあしゃあと応《こた》えた。

『愛の迷い子』。

正妻ではなく愛人から生まれた貴族の男子を、エティリア半島ではそう呼んでいる。エティリア半島人は愛に大らかで、古くから愛人を持つ者が多かった。だが貴族は相続争いをさけるため、愛の迷い子の結婚を同性、それも同じ迷い子同士でしかできないよう定めた。もし仮に子どもができても、愛の迷い子は認知できない。そのため迷い子の多くは生涯結婚せず、遊びの恋を繰り返す。妾腹で愛の迷い子であるフレイには、幼いころから同じ境遇の許婚がいるらしいのだが、本人は結婚する気などさらさらないのだ。

「そんなことよりネアラ夫人とウェナス卿に昨日言った贈り物を忘れるなよ」

またか。フレイに言われて、キユナはあからさまに嫌な顔をした。

「今日は、この前までお付き合いしていたエド・デステ卿にはいいのですか？」

「エドはもういい。それなりに楽しんだが、運命の相手じゃない。今は男ならウェナスだ」

「ころころと相手を変えるなんて！　フレイ様は不誠実です！　許婚の方もいるのに！」

キユナは腹を立て、小柄な体いっぱいで怒鳴《どな》った。フレイのような淫らな恋愛は、キユナのもっとも嫌うところだ。

「お前なんぞに愛を語られる筋合いはないな。お前こそ、恋の一つでもしてみろ」

「毎日毎日、フレイ様のばかげた手紙を運ぶことや人妻の寝所の外で人がこないか見張ることが俺の仕事じゃないんです！　あなたは俺の話をちっとも聞いてくれない……っ」

「ああ、うるさい子どもだな、そうまで言うなら暇を……」

出すぞ、と言いかけたフレイは言葉を切り、すねたようにリュートを放り出した。

「……暇を出す、と言いたいんでしょ……フレイ様だって、俺が気に入らないくせに」

「ああそうだ、お前は可愛げのかけらもない。せめてもう少し素直なら、そばに置く楽しみもあるが…。だがお前はあわれな家なし子だ。しかも東方人の無礼な子どもなんぞ、放り出したら行くあてもなくてかわいそうだからな」

「無礼なのはあなたです、すぐそうやって俺のこと、東方人だって……」

「だがお前みたいな細い骨格の、毛も薄く鼻の低い男は東方人だろう。鴉みたいな黒眼黒髪も、黄色い肌もな。お前の母親は、東方から来た商売女だったんだろ」

悔しさで、キユナは握った拳がわなわなと震えるのを感じた。薄い唇をきゅっと嚙む。

（フレイ様はどうしてすぐ、俺の髪や眼のことを言うんだよ……？）

キユナは父を知らない。母は娼婦だったが、五つの時にエオトス家の門前に捨てられて、フレイの異母兄であるノクシアに拾われた。親の世話になどなっていないと思うから、キユナは親譲りの容姿をからかわれるのが嫌いだった。フレイはそうと知っていて挑発しているのだ。ノクシアにキユナを放り出さないようきつく言われているために、辞めさせることのできないキユナをやりこめて憂さを晴らしている。それが分かるから、キユナは必死になって怒りを抑えた。

「お前はどうせ十七年生きてきて、誰も好いたことなどないだろう」

「恋なんて……しなくても、生きていけます」

子どもっぽいと分かりながら、キユナは小さな頭をぷいっと背ける。

「やれやれ。だからお前は東方人だと言うのさ。……いつからこんなに可愛げがなくなったんだ？　子どものころはもう少し素直だったのにな」

フレイは肉厚の唇を、不意にからかうように持ちあげる。

「エド・デステは美しい金髪にまっ白な肌だった。眼は透けるような薄い青でな。そこは気に入ってたんだ、抱くとまっ白な肌に桃色が散って……」

キユナはまっ赤になった。フレイはキユナのウブと容姿を同時に揶揄《やゆ》している。そんな扱いに腹が立ち、これ以上エドの話など聞きたくなくて、キユナは乱暴に部屋の扉を閉めて退室した。扉の向こうから、フレイの盛大な笑い声が聞こえてくる。

（どうせ俺は可愛げがない。だけどそれは、フレイ様が意地悪だからだろ…！）

屋敷の一角に与えられた自室に戻ると怒りが疲れに変わり、キユナは自ずとため息をついていた。またフレイに話をはぐらかされた、その無力感が薄い胸に押し寄せる。

（ノクシア様のもとに帰りたい……）

窓辺に立つと、のどかな春の空が見える。だがキユナは、母が自分を捨てた十二年前の雪の日を思い出していた。

母は都市コンセの中央にあるエオトス家の門前に、キユナを捨てた。キユナは五歳だった。ノクシアはキユナを使用人として拾いあげ、可愛がって育ててくれたが、当時九歳ですでに親のなかったフレイには、よくいじめられたものだ。フレイとの関係は、あのころから変わっていないとキユナは思う。

初めは厨房係として雇われたキユナも、剣を習い読み書きを学んで従者になった。従者は主人の護衛から手紙の代筆や予定の調整、身の回りの世話など幅広く仕事をこなす。誰よりも主人の片腕となる、難しい仕事だ。

（でもフレイ様は俺のこと、今でも東方人の捨て子だって馬鹿にしてる）

それを思うと悔しくなり、キユナは気持ちを静めようと机上の文箱から今朝届いたばかりのノクシアの手紙を取り出した。出だしにはノクシアの端正な文字で、『私のおちびさんへ』と書かれている。それを見ると、ささくれていた気持ちが少し慰められる。中身を読み返したキユナは、手紙の最後を大きな黒眼で思案げに眺めた。

『フレイにあまり手こずるようなら、出発の日に渡した秘薬を使ってはどうかね。キユナはそれを卑劣《ひれつ》だと思うかもしれないが、解薬を飲めばすぐ効果は消えるのだから』

キユナは背後の小棚を振り返った。扉を開けると、中にはくすんだ小瓶があり、赤い液体が入っている。一見すると葡萄酒にしか見えない。だがノクシアはこの薬を、

『惚れ薬だ。エオトスの秘薬だよ。飲んで最初に見た相手を愛してしまう』

と言っていた。キユナはその薬を、ペルジーノへ発つ際にノクシアから持たされたのだ。

『フレイがいつまでも遊び暮らしているようなら、これを使いなさい。お前に惚れさせたらいい。いうことをきくだろうから』

まさかとんでもないとキユナが首を振ると、ノクシアは、

『フレイも解薬を持っているはずだから、まずくなればそれで解けばいいことだ』

と飄々としていた。どちらにしろ、キユナには怪しげな薬に頼る気はない。自分だけの力で、フレイに話を聞いて欲しいのだ。

（東方人の捨て子としてじゃなくて俺自身を、フレイ様にちゃんと認めてほしいから……）

それがキユナの意地だったが、自分より何枚も上手《うわて》のフレイ相手にどうしていいかは分からない。棚を閉めて手紙を文箱にしまい、キユナは再びそっとため息をついた。

フレイに言われたとおり方々へ贈り物をするため、昼下がりに出かけたキユナが屋敷に戻るころには、日が落ちていた。帰ると屋敷の侍女に、フレイが呼んでいると告げられた。

(午後に喧嘩《けんか》したばっかりなのに、フレイ様にはもうどうでもいいのか)

キユナはまだ思い出すと腹が立つ。だがフレイは朝に喧嘩をしても、昼にはけろりと忘れているたちだ。だから子どものころ池に何回落とされたとか、夕飯の皿に蛙を何回入れられたとか、キユナがしつこく覚えていてもフレイは記憶にない。

「キユナ、来たか。一杯付き合え」

部屋へ行くと、思ったとおり昼間の喧嘩など忘れたらしいフレイが上機嫌で椅子を勧めてくる。テーブルには所狭しと豪勢な食事が並んでいたが、給仕の者はいない。

「フレイ様、身分の低い俺と食卓を一緒にするのはおかしいですよ。それにいくら旅先でも、肉切給仕とパン切給仕はちゃんとつけないと……」

「ああ、うるさいな。お前と俺の仲じゃないか、身分なんぞ関係ないだろ。さっさと座れ。秘蔵の葡萄酒があるんだ、いいから飲め」

機嫌のいいフレイと言い争ってまた喧嘩になるのも嫌で、キユナは薄い肩を落として席についた。フレイがキユナの杯へ葡萄酒を注ぎいれてくれる。こんがり焼いた鶏の丸焼きや薄くかりかりに焼いたパン、黒オリーブと酒をからめて蒸したスズキが香ばしく、食欲をそそる。だが注がれた葡萄酒を一口含んで、キユナは違和感を覚えた。

「……これ、本当に葡萄酒ですか？　味が違うような気がしますけど…」

「確かに、匂いも違うな」

フレイが酒差しの蓋《ふた》を開けて中を嗅ぐ。もう一口含み、キユナは舌の先で酒を転がした。葡萄酒というより、酢に近い。すっぱくて、甘みもない。

「まさかと思って先にお前に飲ませたんだが、じゃあ俺は飲むのをよそう」

毒味役か、とキユナは眉を寄せた。フレイがしれっと訊いてくる。

「お前、なんでわざわざ腐ったものを隠してたんだ？」

「……なんのことです？」

「これはお前が自分の部屋に隠してた酒だよ。数日前に見つけて気になってたからな、こっそり持ち出して、一緒に飲もうと思って今日」

（な——なんだって？）

一瞬にして、キユナは手から杯を取り落とした。飲んだ。飲んでしまった。血の気がすうっと下がる。フレイが訝《いぶか》しげに眉を寄せる。キユナはそわそわと立ち上がった。

「おい、どうしたんだ……」

心配そうなフレイの顔が眼に入った瞬間、キユナの頬がかあっと火照《ほて》った。心臓はばくばくと音をたて、整ってはいるが軽薄にしか思えなかったフレイの容姿にときめいていた。厚みのあるその胸に飛び込んで、頬をすり寄せたい衝動が湧きあがる。

好き。

はっきりそう思った。キユナはいたたまれなくなり、火照った顔を両手で覆《おお》った。

「おい、大丈夫か？　気分が悪いのか？」

立ち上がったフレイが、幅のないキユナの肩を掴む。不意に体が燃えあがった。

「な、なんてことをしてくれたんです……ッ」

叫んだ時、キユナは涙目だった。間違いないと思った。

(フレイ様、俺の隠していた惚れ薬を、さ、酒だと思って…！)

しかもキユナだけがその薬を飲んで、フレイを見つめてしまった。飲んで最初に見た相手を愛してしまう。ノクシアはそう言っていたはずだ。

好き、好き、好き。フレイ様が好き。

頭の中に思いが満ちて、キユナはぎゅっと大きな眼をつむった。長い睫毛が震える。

「俺が隠し持っていたのは…ッ、ノクシア様から預かったエオトス家の秘薬なんです！」

フレイが驚いたように、亜麻色の睫毛を何度もしばたかせた。

「秘薬？　…まさか惚れ薬か？　つまり、お前は俺のことを…好きに…？」

「薬のせいですっ、フ、フレイ様が飲ませるから……！」

まじまじと覗き込んでくるフレイの顔が近く、キユナはまっ赤になって小さな体を震わせた。

「げ、解薬を、持ってるんでしょう…？　く、ください…」

「ん？　ああ。どんな魔法をも解けるというエオトスの秘薬を持ってるぞ」

「じゃ、じゃあくださるんでしょう」

身を乗り出したキユナに、フレイがふふん、と口角を上げ眼を細めた。その意地悪げな笑みに嫌な予感がし、キユナは一瞬身をひいた。

「なあ、キユナ。せっかく胸の氷が溶けたんだ。お前もたまには恋愛を楽しんだらどうだ」

「……え？」

「俺を見て、どう感じるんだ？」

とっくに答えなど知っているくせに、眼を流してフレイが訊く。キユナは手首を引っ張られてよろめき、フレイの厚い胸の中に倒れ込んでいた。密着してみると、フレイの体はキユナをすっぽりと包むほどに大きく、逞《たくま》しい。

「キユナ・フィーレン、今のお前は俺を愛しているのか？」

フレイの息が頬にかかり、飴色の瞳が甘やかな誘いを浮かべてじっと自分に注がれてい

る。その視線が注がれる場所から、肌が焦げる気がした。キユナはうろたえて、大きな黒眼を潤《うる》ませた。心臓が痛いほど高鳴り、突き飛ばすこともできない。せめてと睨《にら》んでも、睫毛が震えるだけ。そんなキユナを見下ろしていたフレイが、感心したように眼を丸めた。

「……知らなかった。恋をするとお前でも可愛いくなるんだな、キユナ」

フレイはキユナの薄い胸を大きな手で覆うように触り、キユナの心臓は跳ねあがった。

「…すごい心音だな。そんなに、俺が好きか？　まるではち切れそうだ…」

「や、やめてください」

触れられているところがむずむずし、覚えのない感覚にキユナは泣きたくなった。自分の感情も体も舵取りできない。キユナは動揺して声を上ずらせた。

「フ、フレイ様……お願いですから、解薬をください…」

「俺がそんなに、優しいと思うか？」

フレイは眼を細め、にやりと笑う。甘い顔立ちのくせに、腹立たしいほど意地の悪い表情が似合う男だ。

「昔からお前をいじめるのが好きだったからな、俺は」

「……あ、あなたって人は…っ」

文句《もんく》を叫ぶ前に、キユナの薄い唇は熱っぽいものに食《は》まれていた。眼を見開いた瞬間、フレイの舌が悪戯《いたずら》するようにキユナの下唇を舐めた。突然キユナは本能に突き動かされた。

気がつくとフレイの逞しい首に腕を回し、しがみついて口づけを受け入れていた。

「ち、違いますっ、今のは…っ」

一瞬で正気を戻し、キユナは慌てて腕をはずした。

「なにが違う？　今、お前は自分から俺に接吻したぞ」

「それは、フレイ様がしたから……っ」

「俺がキスしたから、抑えられなくなったのか？」

フレイはにやにやしていた。キユナはまっ赤になり、潤んだ黒眼できっとフレイを睨む。

「もう十分楽しんだでしょう……解薬をください」

「なにを言う。本当に楽しいのはこれからだ」

突然、力強いフレイの手にキユナの細い腕が引っ張られた。

「な、なにをするんです！　フレイ様…っ」

キユナは、あっという間に横抱きに抱えられていた。フレイは新しいおもちゃを見つけた子どものような笑みを浮かべている。

（う、嘘だろ……こんなに、簡単に扱われるなんて）

小柄なキユナは軽々と運ばれ、隣室の寝台へ下ろされた。ゆっくりと覆い被さってきたフレイに体を組み敷かれると身動きできず、そのことにキユナは言葉を失った。

（俺だって少しは鍛えてるのに……フレイ様とこんなに体が違うなんて、知らなかった）

キユナの骨格はもともと華奢《きゃしゃ》で、従者として多少は鍛えていてもフレイにはまるで敵わない。だが抵抗できないのは体格のせいだけではなかった。フレイの肉厚の唇がキユナの薄い唇にそっと重ねられた時、怒りよりも甘い陶酔感が背に走った。

(俺、なにしてるんだろ……殴って逃げるべきなのに。フレイ様は、俺で遊んでるだけなのに……。でも…気持ちいい、抵抗できない……)

相反する気持ちで、キユナは嵐のようにかき乱された。合わさった唇の隙間から、フレイの熱い舌が侵入してくる。歯裏を刺激され、そのまま舌腹を扱《しご》かれる。唇の表皮を甘く噛まれると、体の芯がきゅっとすぼまるように感じた。

「ん…う」

くちゅんっと音がたつ。唾液がじわりと口の端にあふれる。

「や、やめてください、キ、キスなんて、俺は、したことないんです、なのに……」

「俺とが初めて…? そうか……」

フレイがなぜか嬉しそうに眼を細め、キユナの手を握りしめた。そうしてまた口づけてくる。下唇をねっとりと舐められてキユナは細い体を震わせ、息を浅くした。

「…あっ!?」

フレイの指が、衣服の上からキユナの胸の飾りをつまんだ。細腰にちりちりと走る快感に、キユナは戸惑い首を振った。

「ど、どこを触って…っ」

「大丈夫だよ。ここも、ちゃんと感じるようになる」

フレイの手が、素早くキユナの上着をはだける。直に乳首をつままれ、くにくにと柔く刺激されるとじれったい快感が体の芯に集まってくる。性器が一気に勃《た》ちあがるのを感じ、キユナはまっ赤になって「だめ、だめ」と喘《あえ》いだ。

「どうしてだめなんだ？」

「お、俺のことなんか…っ、す、好きでもないくせに…っ」

自分で言っておきながら、その言葉にキユナはじわっと切なくなった。

（馬鹿みたいだ——）

好きじゃなかったのは、自分もだ。今は、薬を飲んでおかしくなっているだけだ。だがフレイがキユナの耳元で笑った。馬鹿にするわけではない優しい笑みだ。甘い声で、好きだよと囁《ささや》かれてキユナは唇を震わせた。

「可愛いキユナ。俺はお前が好きだよ。子どものころから。俺はお前を犯したいわけじゃない、ただ優しくしてやりたい……。恋人にするように、甘く溶かしてやりたいんだ。……どうか俺に任せてくれ。だめだなんて意地悪を言わないでくれ」

（俺は、騙されないぞ…フレイ様は、嘘をついてるんだ）

一緒に過ごして十二年だ。フレイがどんな男か、キユナは知っている。寝台の中でなら、万の嘘をつける男だ。男女を問わず浮き名を流し、誰かに熱く愛を囁いた翌日に他の誰かと寝台をともにする男だ。それなのに、どうして突き飛ばせないのか。フレイの手や声音がいつになく優しいせいなのか。遊ばれていると分かっているのに、恋心が理性を上回っていることにキユナは愕然《がくぜん》とした。

「ここを自分で弄《いじ》ったことはあるのか？」

フレイがすでに膨らんでいたキユナの中心を撫《な》で、衣服を緩めて丁寧に摑み出す。キユナは「あっ」と叫んだ。

「可愛いな、まだ、桃色だ……使っていないんだな」

「い…やっ、あ…っ」

ぎゅうっと性器の先端を握られ、キユナは眼をつむってかぶりを振る。

（なにをしてるんだ、俺。大嫌いだった男に一番弱いところを、見せて……）

だが脳天がくらくらするほど、気持ちいい。

「もうこんなに濡《ぬ》らしてるぞ……キユナがこんなにいやらしい子だったなんて……」

甘いフレイの囁き声に、腰が疼《うず》く。性器の先端をぐりっと押された途端「ああっ」と声をもらし、キユナは背をしならせた。

「そう、上手《じょうず》だ。もっとお尻をふってごらん」

「い、いやだ、やめ…」

キユナの制止を止めるよう、フレイは口づけてきた。細い腰が勝手に持ちあがって揺れる。それが死にたいほどに恥ずかしく、キユナはぼろぼろと涙をこぼして睫毛を濡らした。

「可愛いよ、キユナ……」

(俺、変だ……変になってる……)

恥ずかしいと思っているのと同時に触れられることが嬉しくて、キユナには自分の感情が分からなかった。これは恋のせいなのか。フレイに囁かれると、キユナの体は呆気なく快感を深くし、びくびくと震えた。

「あ……！　あああ……っ、だ、だめ……っ」

フレイが性器を扱く手の動きを早めると、覚えたことのない強い快楽が襲ってくる。キユナは怖くなり、助けを求めるように夢中でフレイの首にかじりついた。一瞬全身が痺《しび》れ、次の瞬間、キユナは激しく身を引きつらせて達していた。

「悪くない、キユナ」

耳元でふと呟《つぶや》く、フレイの声が聞こえた。

「今のお前なら……愛せそうだ」

達した後に正気を戻したキユナは、ただ青ざめて震えていた。

「湯を持ってこさせようか？　そのままじゃ具合が悪いだろう」

　自分とは反対に平然としているフレイの胸を押しやり、キユナは乱れた衣服の前を合わせる。自分で遊んだフレイも、流された自分も信じられなかった。

「ど、どうするんですか、こんなことして……俺はフレイ様の従者なのに」

「最後までやってないんだから、いいじゃないか。そうだ、なんならお前が俺の恋人になるのはどうだ？　兄上はお前に甘いから、許婚をとりさげてくれるかもしれない」

　ぽかん、とキユナは口を開けた。フレイは、なにを言っているのだ。いや、言われた瞬間、胸の奥が疼くように嬉しいと――感じた。けれどキユナはその気持ちをねじ伏せる。

「そんなことは許されません」

「なぜだ。お前がさっきのように可愛くしてるなら、俺はお前を愛せるぞ」

　フレイの言葉に、キユナは気持ちがぐらりと揺れるのを感じた。心臓がどきどきと脈打ち、頬が熱くなってくる。

「でも……それじゃフレイ様は、ずっと俺だけで我慢できるん…ですか？」

　なぜ自分は、こんなことを訊いているのだろう。だがフレイは、けろりと肩をすくめた。

「お前を恋人にしたからって、どうして他の人間と遊んではならないんだ？」

　キユナは体の熱が、一気に冷めるのを感じた。そうだった。フレイはこういう男だ。知っていたのになぜ流されたのか。落胆が胸に満ちてくる。それを感じたくなくて、キユナはあえて眉をつり上げ、きつい声を出した。

「俺は、フレイ様の愛人も恋人も伴侶もごめんです。解薬を出してください」

むっと眉根を寄せたフレイは、「やはりお前は可愛くない」と舌を打った。

「……いいさ。だが、条件がある。解薬がほしいなら、一つ俺のいうことを聞いてもらう」

「いうこと？」

キユナは眉をひそめた。フレイはにっこりと笑み、悪戯するようにキユナの頬を人差し指でくすぐった。

「賭けさ、キユナ。賭けに勝ったらな。お前が、愚か者の最後の恋人になれたなら――お前の片恋も、解いてやる」

二

「キユナ、見てみろ。この城からはペルジーノの都市が一望できるぞ」

丘の上に立ち声を弾ませるフレイに、キユナは背後ですねた顔をしていた。

キユナがフレイに連れてこられたのは、都市ペルジーノの領主ヘルトライト家の城館だった。ヘルトライト家の邸宅は小高い丘の上に建てられ、今いる正面口からは春の祝祭を前にわき立つペルジーノ市街の様子《ようす》が見渡せる。

フェーラでは早春と冬、どこの都市でも大きな祝祭が開かれる。ペルジーノを埋め尽くす石造りの家はみな壁が白く、窓という窓に色鮮やかな祭の旗が垂らされて賑《にぎ》やかだ。だがその華やかな景色を見ても、キユナは一人緊張していた。フレイが次になにを言い出すのか、気が気ではなかったからだ。

一晩眠れば薄れるのではと期待したキユナの望みもむなしく、朝になっても惚れ薬の効果は続いていた。フレイは上機嫌で、金糸の縫い取りが美しい白い立襟の上着、黒いまっすぐな下履《したば》きと上等なブーツという貴族服でキユナの小さな体を飾りたてた。キユナは慌てて慣れない贅沢品を断ったが、フレイがきくわけもなかった。

「俺のいうことをきくんだろ？　いいじゃないか。お前は黒眼黒髪だから白が映える」

そういうフレイは群青色の上着に白い下履きを合わせていた。立襟の上着は、これまた贅を凝らした刺繍《ししゅう》が派手に衿元や袖口を縁取っている。背が高く肩幅の広いフレイには似合いの貴族服だが、自分には似合わないとキユナは思う。キユナは撫肩《なでがた》で、こんな服を着てフレイと並ぶと自分の骨の細さが際だつようで嫌だった。

（フレイ様は俺になにをさせるつもりなんだろう。ついてきて、よかったのかな……）

キユナは今さら後悔していた。今日、この城では貴族の茶会が開かれているのだ。解薬をもらうために、フレイからは「ある賭けに参加して、勝て」としか言われていない。その内容は「今日ここで教える」と言われていた。

フレイに連れられて邸宅正面の玄関から廻廊を回ると、半円アーチと円柱に囲まれた広いサロンへ出る。大理石の床には貴族の男女があふれ、ゆったりと並べられた応接具に腰かけて談笑していた。フレイが入っていくと、誰もが気づいて近づいてくる。

「やあフレイ卿、調子はいかが」

「フレイ様、先日はお花をありがとう、大事に飾っていますのよ…」

声をかけてくる連中に、フレイはもれなく返事する。今までは屋敷の外で待機してばかりだったキユナは、フレイの人気ぶりを初めて眼にして驚いた。男も女も、フレイに気づいてもらおうと必死だ。フレイは女たちの手の甲に、慣れた様子で口づけていく。その相手は金髪碧眼に色白の美女ばかりで、なぜだかキユナは目を背けてしまった。

「フレイ様、お連れの方は東方の方？　貴族のなりをされてますけれど」

「髪が鴉のようにまっ黒ですのね。まるで魔女の使いみたい。怖いこと」

女たちのあからさまな蔑《さげす》みと敵意に、キユナの大きな眼が怒りに揺らめいた。

「俺の友人です。ご婦人方、ヘルトライト家の迷い子たちがどこにいるかご存知ですか？」

「いつものヴェランダですわ」

フレイは彼女たちに礼を言うと、キユナの腕をひいてその場を離れた。

「あまり気にするな。お前が俺と一緒だから妬《や》いたのさ」

子どもにするように頭を撫でられ、キユナは眼を見開いてフレイを見あげた。まさか、フレイが自分を気遣ってくれたのだろうか？　視線を合わせると、フレイはにっこりと微《ほほ》笑《え》んだ。キユナはどきりとし、思わずそっぽを向いた。気にしてないと強がるには遅すぎ、ありがとうと言えるほど素直にもなれず、結局黙ったままフレイの後についていく。

広間からヴェランダに出ると、二人の若い男が椅子に腰かけていた。一人はキユナほどの背丈で、栗色の巻き毛がふわふわと額に揺れている、物腰の柔かそうな青年だ。もう一人はフレイのように長身で、眩《まば》ゆい金髪が日に映える華やかな伊達男《だておとこ》だった。どちらも部類は違えど、かなりの美形だ。

「フレイ、来てくれたの？」

栗毛の青年が先にフレイに気づいて立ち上がった。彼が微笑むと、花が咲いたように空気が優しくなる。フレイがごく自然に彼の頬へ口づけたのを見て、キユナはぎくりとした。

「体はもういいのか？　レオ」

「おかげさまで。せっかくの春に、寝てばかりもつまらないもの」

細い手を優美にフレイの腕に置き、レオと呼ばれた青年は微苦笑した。ふと視線でキユナを捉えると、彼は驚いたように小首を傾げた。

「よう、フレイ。後ろの可愛いのはお前の新しい愛人か？　俺にも紹介してくれるだろ？」

金髪の長身男が、なれなれしい様子でフレイの肩に腕を回す。

「キユナ、このうるさい男がチェーザ。こちらの美人がレオ。どちらもペルジーノの領主家、ヘルトライト家の愛の迷い子だ」

「よろしく、キユナ」

チェーザが手を差し出したので、キユナは戸惑った。平民のキユナが貴族の彼らと握手をするのは無礼にあたる。迷っていると、それを促すようにフレイが続ける。

「こちらはキユナ・フィーレン。コンセでの友人だ。東方人の母と、とある貴族男との間に生まれた愛の迷い子。つまり、俺たちとはご同類だな」

フレイの説明に、キユナはぎょっとした。貴族の子息？　愛の迷い子？　とんでもないでっちあげだった。だがフレイの眼が、合わせろと言っている。

「やはり東方の血が入ってるのか？　黒髪黒眼とは神秘的だな」

キユナの顎についいっと指をかけて、チェーザは値踏みするように眼を細めた。その眼差しにフレイと同類の意地悪いからかいを見て取ったキユナは、警戒を覚えてさっと顎をひいた。ついキユナが大きな眼で睨むと、チェーザは面白そうにフレイを振り返った。

「耳を伏せて威嚇《いかく》してるみたいだな。可愛い黒猫じゃないか？　フレイ」

その嫌味な言い方まで、フレイそっくりだ。レオが「およしよ、チェーザ」と苦笑した。

社交界に疎《うと》いキユナでも、この二人の名前くらいは知っていた。

レオ・ヘルトライトにチェーザ・ヘルトライト。亡くなったペルジーノの前領主、ニキシオの子どもたちだ。ニキシオは正妻一人と三人の愛人を持ち、四人の子どもをもうけた。現在のペルジーノ領主は、正妻との間に生まれた長男だとも聞いている。

レオはその儚《はかな》げな容貌から男性に人気があり、チェーザは男らしい美貌を武器に相手を選ばず遊んでいるという。コンセのフレイ、ペルジーノのチェーザと呼ばれるほど、フレイとチェーザの遊びぶりは似ているらしい。

「チェーザ、こないだお前が大負けに負けた賭け、俺のキユナなら勝てそうじゃないか？」

フレイはキユナの肩をぐっと抱き寄せると、チェーザに挑戦的な笑みを向けた。

「…悪くないかもなぁ。父上の最後の愛人と……似ているかもしれないいな」

「二人とも、おやめよ。そんな悪い遊びなんて……」

控えめに苦言を呈したのは、黙っていたレオだ。

「…あの、賭けというのは？」

まだ説明してもらっていない。チェーザがヴェランダの欄干《らんかん》へもたれ、下を見るようキユナを促した。言われるまま眼下を覗くと、まばらに木の茂る広い庭を一人の男がうろついていた。

背の高い中年男だ。上からは表情は見えないが、灰色の癖毛やぞろりとした長い外套《がいとう》に草や木の実をひっかけて歩いている。彼は木にべたりとくっついてじっとしているかと思うと、地面にしゃがみこみ数分も動かないでいる。やがておもむろに外套の中からパンを取り出し、屑をばらまき始めた。木々の梢《こずえ》から、待っていたように小鳥が降りてきてパン屑をつつきだす。奇妙な男だ。なかばぽかんと眺めていたキユナに、苦笑したレオが「兄なんだ……」と教えた。

「ペルジーノの領主、我が兄ルバイン・ヘルトライト卿だ。ああ嘆かわしや。変人だろ？」

芝居がかった口調でチェーザが言い、レオがそれをとりなすようにつけ加えた。

「悪い人じゃないんだよ。ただ、あまり人間に興味がないだけで」

「奥方はいるが子どもはいない。ちなみに別居中だ」

「…で、ですが、ルバイン卿と賭けと、なんの関係が…？」

わけが分からずフレイを振り向くと、彼はただ面白そうに言った。

「人嫌いのルバイン卿。恋も知らぬ氷の心を、溶かすのさ。キユナ、お前は彼を誘惑し、恋をしかける。ルバイン卿がうまく乗ればもうけもの。お前と俺の勝ちだ」


レオとチェーザの前を辞すと、キユナはフレイを人影のない廊下の隅へ引っ張り込んだ。

「無理ですよ、あんな賭け！」

「積極的だな、キユナ。柱の陰で俺へ愛の告白か？　キスしてやろうか？」

フレイのからかいに簡単に頬が赤らみ、キユナは情けなかった。その反応を面白《おもしろ》がるように見下ろしてくるフレイを、せめてキユナは睨みつけた。だが潤んだ瞳で睨んだところで、フレイは好色めいた含み笑いを深めるだけだ。それがキユナには腹立たしい。

「俺はあなたと違って恋愛なんてしたことないのに、普通の人でも難しい相手を落とすなんて無理です。それに、相手はこの都市のご領主で奥様もいらっしゃるのに……」

「お前もルバインもお互い恋愛知らずの堅物同士だから、恋に落ちるかもしれんだろ？」

初めからキユナの言い分などどうでもいいらしいフレイは、広い肩を大仰にすくめた。

「いいか。ついこの前、チェーザはルバインを落とすために、ヤツご自慢の絶世の美青年を使って惨敗した。ここでお前が落とせれば、俺はヤツの鼻を明かせる」

（フレイ様、変だ。こんな勝ち負け、興味ない人のはずなのに）

キユナは違和感を覚えた。フレイは遊び好きだが、驚くほど勝負ごとに関心がない。愛人を盗られても、すぐ次に心を移して執着《しゅうちゃく》しない。賭けごとで負けても「勝利の女神は昨夜の俺の前戯に満足しなかった」と冗談を飛ばして本気にならない。

（それともチェーザ様にだけは、それほど敵愾心《てきがいしん》があるってことか……？）

「…なぜそこまでして、ルバイン様に恋愛なんてしかけるんですか。奥様もいらっしゃるんでしょう？　お子様もこれからという方なのに」

エティリア半島の貴族の価値観はそれとは真逆だから議論しても無駄だが、愛人など作らないですむならそれでいいだろうと、キユナは思う。

フレイは柱の陰からそっと館の廊下を伺い見て、誰もいないのを確認してから長身を折り曲げた。フレイの端麗な顔が近づいてきたので、キユナはどぎまぎして細い体をすくめた。フレイは謎かけするように小声で囁いてくる。

「お前は、ニキシオの遺言状の話を聞いたことがあるか？」

キユナは眼をしばたいた。ニキシオはルバインやチェーザ、レオの父親でペルジーノの前領主だ。

「ニキシオには四人の子どもがいる。ルバイン、チェーザ、レオ。そして最後の子どもだけが見つかっていない」

「見つかっていない？　どうしてですか？」

「ニキシオは最後の愛人を最も愛したと言われている。だが、彼女は子どもを身ごもった後、ニキシオの元を立ち去ったんだ」

「ニキシオ卿の、他の愛人たちはみんな、彼のもとにとどまったのに、ですか？」

だからレオやチェーザが、貴族の子息として豊かな生活を送れているのだ。愛の迷い子は子どもを認知しないので死後その財産は家の当主に没収されるが、生きている間は住む家と父親の遺産の相当分を与えられる。ノクシアがフレイに望むように当主の補佐や商売をする愛の迷い子もいるが、金の余っている家なら放蕩三昧で適当に生きても許される。その安楽な生活を、なぜニキシオの最後の愛人は子どもに与えなかったのだろう。

「彼女は東方人だった」

フレイの言葉に、キュナは不意をつかれて息をのんだ。

「商売女だったんだ。身分も低く生まれも異国の彼女に貴族の生活は辛かったんだろう。だがニキシオは彼女を探し続けた。あまりに強く焦《こ》がれて、彼は彼女が戻ってきた時に迎えるための城と庭を作った」

「見つかるあてもないのに？」

フレイはにやり、と肉厚の唇を色っぽく持ちあげた。

「恋とは、より多く愚かになることだよ」

ニキシオは黒髪の女と子どもを次々に連れてこさせたが、最後の愛人は見つからなかったという。やがてニキシオは遺言を遺して亡くなった。

「噂だと、ニキシオは最後の愛人に作った城と庭を、彼女との子どもに遺したそうだ」

「でも、それとこの賭けと、なんの関係が……」

「最後の愛人シエナの子どもが誰か、認めていいのはルバインだけ。遺言にそう記されている。だからルバインに気に入られれば、城と庭がもらえるかもしれないってことさ」

妙な話だ。フレイは建物になど興味のある男ではない。キユナにはフレイの意図が掴めなかった。

「どちらにしたって、人を騙すようなことは……やりたくありません」

先ほどヴェランダの上から見たルバイン・ヘルトライトの風変わりな様子が、瞼の裏に蘇る。確かに変わり者のようだが、茶会で貴族たちの雑談に混ざるよりは、ルバインのように鳥に餌をやっているほうがましだとキユナは思う。

「動物がお好きなんて、きっと、悪い方じゃないんでしょう」

「なるほど？」

フレイはわずかに肩をすくめて呟いた。次の瞬間、キユナはフレイに腰をさらわれて、あっという間に壁へ押しつけられていた。フレイの形のいい額がキユナの小さなおでこにぴたりとくっつき、その呼気が甘く顔にかかる。じっと見つめてくる眼差しに全身が焦《じ》れるようで、キユナは頬を染めてフレイを睨んだ。

「は、放してください…っ」

「しーっ、人が来るぞ」

ハッと口をつぐんだキユナに、フレイはからかい含みの笑みを浮かべた。キユナの心臓はどきどきと高鳴り、黒く長い睫毛が震える。ふとフレイの笑みは優しくなった。

「お前…本当に俺が好きなんだな？　そんなに瞳を潤ませて…まるで乙女のようだ」

男の身で乙女などと揶揄されて嬉しいわけがなく、キユナは腹が立って顔を背けた。途端、フレイが音をたててキユナの頬に口づけ、軽やかに離れる。消えた温もりを一瞬惜しいと感じる寂しさが胸にわき、キユナは戸惑った。

「好きにしろ、キユナ。お前が俺に恋し続けても賭けに勝っても、俺はどちらも楽しめる」

フレイの言葉は、キユナの薄い胸に刺さって掻《か》き傷《きず》を作る。

（フレイ様は、俺の気持ちをただ面白がってるだけなんだ……）

フレイは背を向け、サロンへと戻っていく。あのサロンの中へ、きらびやかな貴族の世界へ戻ったら、フレイは瞬く間にキユナを忘れるだろう。美しい金髪の女や碧眼の少年に心を移すだろう。そう思うと息苦しくなる。

（……賭けに、乗るしかないのか？）

廊下の隅に一人残されたキユナは、重くため息をついた。

三

コンセと同じく、ペルジーノも大きな都市である。住まう貴族の数も多く、夜会は連日のようにどこかの屋敷で行われている。その晩キユナは、再びフレイとヘルトライト家の領主館へ訪れていた。ルバインの奥方であるベラが、夜会を開いているからだ。

（……やっぱり来るんじゃなかった）

城館へ入ってまもなく、キユナは壁際へ逃げ込んでいた。広間の中心では、フレイがご婦人方に囲まれている。キユナは小さくため息をついた。広間の天井にはびっしりと蠟燭《ろうそく》が張りめぐらされ、華燭は明るく部屋を照らしていた。美しく着飾った男女が楽団の音色に合わせて踊っている。キユナはルバインに近づくためにやって来たものの、彼は見あたらず奥方のベラだけが中央で取り巻きに囲まれていた。

「キユナじゃないか。こんな隅っこでなにをしてるんだ？」

声をかけられ、キユナは驚いて顔をあげた。見ると、深い臙脂色の上着を伊達に着こなしたチェーザ・ヘルトライトが立っていた。

「夜会には、俺がいなくちゃつまらないだろ？　兄上を探しに来たのなら無駄だぞ。あいつは人の集まるところが嫌いなんだ。昨日の茶会にだって出なかったろ」

チェーザは近くの卓上から葡萄酒の注がれた杯を取り、キュナにも渡してくれた。

「そういえば明日、俺の城で愛の迷い子だけの茶会があるんだ。来いよ」

「チェーザ様は、ご自分のお城をお持ちなんですか？」

「当たり前だろ。変人の兄上と暮らそうなんてのは、物好きなレオだけさ」

チェーザは鼻で嗤《わら》うようにして肩をすくめた。

ベルトライト家の持つ城館はペルジーノの北側丘陵に、広大な森を背にして横並びに建っている。今いる領主館を真ん中に、チェーザの城は向かって右後ろ、そのさらに右後ろの一棟をルバインの叔父が所有し、左後ろ一棟は彼の奥方ベラが使っているそうだ。体の弱いレオだけが、ルバインとともに領主館で暮らしているとチェーザは説明した。

キュナが茶会の誘いに答えあぐねていると、若い娘たちが送ってくる熱っぽい視線に、チェーザが微笑んで杯をあげてみせた。その物慣れた様子に、思わずため息が出る。

「……チェーザ様はフレイ様と、よく似てらっしゃいますね」

「いい迷惑だ、ヤツが来るまでペルジーノの男も女も俺のものだったのに」

チェーザは眉を寄せ、舌を打った。どうもチェーザもフレイも、互いに相手のことを面

白く思っていないようだ。

「お、見てみろ。ヤツめ、もう今日の獲物を見つけたらしいぞ」

指されたほうを見て、キユナは小さく息を詰めた。フレイが金髪の美女と内緒話をするように顔を寄せ合い、彼女の腰に腕を回している。

「あの女、まさにフレイの好みそのものだな。金髪に碧眼、白い肌。フレイは相手を選ぶ時、ああいうのばかり選んでるよ。お前はフレイの愛人なのか？　それにしちゃ……」

チェーザはキユナの容貌を、無遠慮に眺めてくる。自分の容姿がフレイの好みではないことくらい知っている。薬を飲む前は深く考えもしなかったことなのに、今はそれを思うと気持ちが沈む。落胆をチェーザに知られるのが怖くて、キユナは眼を伏せて視線を逸《そ》らした。

「あいつ、都に許婚がいるんだろ？　男の。どんな相手なんだ？」

「……さあ。俺も、会ったことがありませんので」

ふうん、と気のない返事の後、チェーザはキユナの細腰を引き寄せてにやりと笑った。

「気をつけろよ、さっきからお前をじろじろ見ている男どもがいるぞ。ヤツら、お前を男娼だと思っているのさ」

キユナの腹にかっと怒りが燃えるのと同時に、チェーザは身を翻《ひるがえ》して彼を待つ娘たちのほうへ去っていった。キユナは薄い唇を小さな歯できゅっと噛んだ。

（東方人だから……蔑まれるのか？）

フェーラでは、東方交易の際に連れて来られた東方人の多くが春をひさぐ商売をしている。チェーザはそれをからかったのだ。顔をあげると、確かにそうと勘違いしたらしい男の一人がそわそわと近づいてきたので、キユナは慌てて背を向けた。途中女の肩にぶつかってキユナが謝ると、女は扇を口許にあてて汚いものを見るようにキユナを睨みつけた。

「どうして薄汚い商売人がここにいますの？」

隣の連れに、女が囁いた。キユナはハッと顔をあげた。よく見れば、男たちからはいかがわしい期待混じりの視線、女たちからは嫌悪も露わな蔑みの視線を投げられていた。

（ここにいる人たち、みんな俺を……男娼だと思ってる）

頭の中が冷たくなった。彼らの視線から逃げて、キユナは人のいないテラスへ出た。庭に面したテラスは暗く、楽音も人声も遠ざかる。欄干に頭を突っ伏し、重く息を吐き出す。こめかみが痛むほど心臓が激しく脈打ち、額が汗ばんでいた。言葉にならないみじめさが、キユナの小さな体を揺さぶった。どうして、とキユナは思った。

（黒い眼で黒い髪なのは、俺のせいじゃないのに…どうして嫌われるんだよ…？）

女へ身を寄せていたフレイの甘い表情が、キユナの薄い瞼の裏へ映る。エティリア人に多い金髪、海のような碧い瞳に抜けるような白い肌の女だった。自分とはまるで違う。

フレイは気に入った相手がいると、馬車に乗せて相手の家に行くか自分の屋敷へ呼ぶ。

時には夜会会場の、人目につかぬ場所で事に及ぶこともある。相手が人妻なら、キュナは家の外で夫が来ないよう見張らされ、翌朝彼女を送り届けることもあった。

以前はただ、ふしだらな男だと腹が立つだけだった。もし今夜同じことをしろと言われたら、平静でいられる自信がない。想像しただけで、焼かれるように苦しい。これが恋愛だというなら、こんな感情をキュナは今まで知らなかった。

「ルバインは見つからないのか？」

ふと背後に人の気配がして、キュナはハッと振り向いた。テラスへ出てきたのはフレイだった。濃紺の光沢《こうたく》素材の上着が、朧《おぼろ》な月光を受けて底光りしている。フレイは一人きりだ。女の姿はない。

（……フレイ様？　…来てくれたんだ……）

途端に、焼き切れそうだった胸の痛みがすうっと落ち着く。

「さっきチェーザとなにを話していたんだ？」

好みの女といる間でもフレイが自分を気にしてくれたことにキュナは驚き、そして嬉しかった。けれど口からは強がる言葉ばかりがこぼれる。

「べつに……あなたは金髪美女がお好きだと聞いていたくらいです」

フレイが面白がるように眼を細めた。

「ほう。それで、妬けたか？」

「妬きません！」

　嘘だった。本当は、妬いていた。今この瞬間だって、彼女と帰るからお前は寝室の外を見張っていろと言われたらどうしようと、考えている。

（嫌だ。フレイ様、そんなこと申しつけないでください。お願いだから……）

「今日出会った美女も極上の金髪だったぞ」

　フレイの弾んだ声に、キユナは胸が痛んだ。自分でも気づかぬうちに薄い肩がしょんぼりと落ちて、そうですか、と打つ相槌が弱々しくなる。

「…じゃあ、フレイ様は楽しんでいらしてください」

「いつものように、寝所の外で見張ってくれるか？」

「……っ」

　声が出ず、ただ空気のような音が喉からもれた。いっぱいに見開いた大きな眼が潤んだ。鼻の奥がつんとすっぱくなる。途端にフレイが嘘だよ、と優しく囁いた。

「……嘘だ。そこまで残酷《ざんこく》じゃない」

「俺は、べつに、なにも思ってなんか……」

　声が震え、続けられなくなった。フレイが厚い胸をそっと寄せ、欄干に手をつく。キユナはフレイの腕の中へ閉じこめられていた。フレイは広い肩を揺らし、ふっと微笑んだ。微笑に、優しげな目許がいつも以上に甘くなる。

「お前は恋をしていても、本当に可愛くないな。ちっとも素直じゃない。生意気で、情が冷たくて、面白くなくて――……」

「どうせ俺は、フレイ様の好みじゃ……ありません」

泣きたい気持ちになり、キユナは長い睫毛を震わせた。それを見られたくなくて、顔を俯ける。頭の上で、フレイはまた「嘘だよ」と囁く。

「嘘だよ。可愛いよ。俺に恋をしているお前は、とても可愛い。すごく可愛い。可愛くて、どうにかしてやりたいくらいだ」

突然広い胸に抱きすくめられ、唇を奪われた。キユナはびくりと細い体を縮めた。開いた歯列の隙間から、分厚いフレイの舌が入り込んできて口内をくちゅくちゅと舐めあげる。フレイにキスをされている。そう思うと甘い感覚がぞくぞくと背を這《は》いあがってきたが、残った理性を掻き集めキユナは首を振ってフレイの唇を振り払った。

「…フ、フレイ様…っ、ひ、人が来ます……」

だがフレイは意に介さず、キユナの顎を捕らえて上向かせ、強引に接吻を続けた。唇の薄皮をちろちろと舐められているうちに、キユナの体は簡単に火照ってしまう。

「う、んん、ん」

「キユナ、俺の首に腕を回して」

気がつけば言われるまま、フレイの首にかじりついていた。キスの仕方など分からず、唇を開けてフレイの舌技に翻弄される。長いキスにキュナの小さな唇は赤く熱し、あふれた唾液が口の端を伝って細い顎の先へ垂れた。胸元にじりっと快感が走り、自分の胸を見下ろしてキュナは赤面した。フレイは巧みにキュナの上着をくつろげ、胸元をはだけさせていた。その長い指が、小さな乳首をくるくると撫でる。

「フレイ様……あっ、や、やめてください…っ」

「大声を出すと人が来るぞ」

窓の向こうには大勢人がいる。硝子《がらす》一枚隔てて気にならなくなっていた人声も、急にはっきりと聞こえてきた気がして、キュナは震えた。フレイの指はキュナの両の乳首を押しつぶし、柔く捏《こ》ねる。キュナの股に、フレイの太股がぐっと押しつけられて上に擦られる。

「ん…っ、ふ、あ…っ」

「……さっき、チェーザになにか言われたんじゃないのか？　テラスへ出る時、お前、泣きそうな顔をしていたろ…？」

キュナは驚き、情欲で濡れ始めた大きな黒眼でフレイを見あげた。フレイの瞳には、案じるような色がある。フレイはキュナの様子を気にして、追いかけてきたのだろうか？　だがそう問う前に、尖《とが》った胸の飾りに淡く嚙みつかれ、キュナはびくんっと背をしならせた。

「フ、フレイ様…あ…っ、悪ふざけは、やめ…」

「悪ふざけじゃないさ。お前を可愛がりたい」

「俺はだめだって、言ってるのに、これじゃい、いじめてるのと……あっ」

フレイはおかしそうに眼を細め、キユナのこめかみに音をたてて口づけた。

「そう、いじめたいんだ。俺は、お前を。いつでもお前が、俺の言うことにだけ傷つけばいいと思ってる……」

フレイがキユナのズボンの中へ手を滑り込ませてくる。硬くなった性器をゆるりと撫でられて、キユナは体の芯がきゅうっと締まるのを覚えた。キユナの性器からあふれた蜜を手に掬《すく》い、あろうことかフレイはキユナの片足を持ちあげた。

「あっ、ちょっと…あっ」

キユナは奥の秘処に、フレイの指が侵入するのを感じた。こんなところになにかが入ってくるなど信じられなくて、キユナは顔をまっ赤にして息を詰めた。ぎゅうっとフレイにしがみつき、怯《おび》えた小動物のように小刻みに震える。

「大丈夫、痛くしないよ。今日は指だけだ」

フレイがキユナのうなじへ宥《なだ》めるようにキスを繰り返す。後孔に入り込んだ指は、しばらくの間探るように中をかき回していたが、やがてくいっと曲がってゆっくり上下した。

「あ…や、いや…だ、あ…は、んん…」

息が浅くなる。気持ちいいとも悪いとも言えぬ妙な感覚が下腹部を覆う。けれど数度の行き来のうち、不意に、キユナの背中がびくんっと跳ねた。

「ここか？」

フレイが曲げた指で何度も同じところを擦ると、しみるような強い快感がじぃんっと前の性器を駆けのぼり、その先端がびくんびくんと震えた。

「あっ、ああ…んっ、あ…っ、あ…、んっ」

声が止まらなくなり、いつしかキユナは自分でも腰を振っていた。目尻に涙がにじむ。

「可愛いよ、キユナ。本当は、お前に挿《い》れたい。お前の中を、俺で濡らしてやりたいが…」

フレイの指がキユナの後孔から引き抜かれる。体を反転させられ、されるがまま欄干に腕をつく。フレイがキユナのむきだしの尻を支えて高く上げさせた。

「あ…っ、い、いや、です…人が来たら…」

こんな場所で裸の下半身を突き出している姿は、あまりにも恥ずかしかった。服ははだけ前の性器は硬く濡れて、足元に雫《しずく》を垂らしている。誰かに見られたらと、死にたいほどの羞恥《しゅうち》でキユナは怯えた。

「大丈夫、誰も来ないよ。俺のことも気持ちよくしてくれ」

囁かれると、嫌と言えない。フレイはキユナの双丘の肉をきゅっと持ちあげた。後孔がフレイの視線にさらされるのを感じて、キユナの口から甘いため息がもれた。

「挿れないかわりに、な」

双丘の肉と肉の間に、硬く熱いものがぐっと差し込まれた。フレイの杭だ。みっしりとし、濡れた熱だ。振り返り、キユナはこくりと息をのむ。張り詰めたフレイの杭は、キユナのものよりもはるかに大きい。それが、キユナの小ぶりの尻の谷間に埋まっていた。

「あ……！　ああっ」

フレイが腰を振った。硬い性器が双丘の間を滑り、後孔の入り口をぐうっと擦っていく。入り口の襞がめくられる感覚に、さっきまで嬲《なぶ》られていたキユナの奥が疼く。

「お前も一緒に、感じられるか？」

フレイの手がキユナの性器を握って扱いた。

「や……っあっ、あ……っ、ふ、フレイ様……っ」

気がつけば、キユナは腰を揺らしてフレイの動きに合わせていた。やがてフレイの杭が双丘の谷間で弾け、彼の熱い飛沫《しぶき》にキユナは双丘を濡らされた。キユナはびくびくと体を震わせ、それを追って達した。

果てた後、キユナは呆然としていた。

フレイが後始末をし、体を拭いて服を着せてくれたが、気がつくとキユナは一人きりでテラスへ座り込んでいた。浅い春の夜気は底冷えし、汗のひいた体に肌寒い。快楽の残滓《ざんし》が消えると、キユナは正気に返って青ざめ、頭を抱えた。

（俺……本当に変になってる。人が来たら見られてたのに…流された）

フレイがいなくなっていることにも、キユナは落ち込んだ。きっとすることをしてキユナに興味を失ったから、フレイは女のところへ戻ったのだろう。流されたのはフレイの睦言《むつごと》のせいだ。その場限りの甘言だと分かっていたのに、流された自分にもそれに傷ついている自分にも腹が立ち、みじめだった。

中へ戻る気にはなれず、よろよろと庭へ降りたところでキユナはぎくりと足を止めた。すぐ前に、男が立っていた。長身、梳《す》かされていない癖毛にぞろりとした長い外套、厳しい顔立ちをしたルバイン・ヘルトライトだ。

（フレイ様としていたことを…み、見られた……？）

キユナは頭の天辺から、すうっと血の気が下がるのを感じた。しばしキユナと眼を合わせていたルバインは、ぷいっと背を向けて庭の奥へと歩き出す。不安に駆られ、キユナは思わずその後を追った。

「ル、ルバイン様、あの、もしかしてご覧に…ご覧になられましたか……？」

しどろもどろと訊くと、ルバインはちらりとキユナを見下ろした。

「フレイ卿が君に服を着せていた。……見たのはそれだけだが」

最中は見られていなくても、なにをしていたかは一目瞭然だろう。恥ずかしさにまっ赤になり、穴があったら入りたいとキユナは思った。

「も、申し訳ありません…、卿のお庭で、その、あのような…」

「静かに」

うろたえて謝るキユナの声を、ルバインは小声で制した。

「ふくろうの声が聞こえなくなる」

思いがけない注意に、キユナは驚いて長い睫毛をしばたいた。耳を澄ますと、しんと静まった庭の林からホウホウホウホウとふくろうの鳴き声が聞こえてくる。

(こんな時にふくろうって……変な人だな)

キユナは、ルバインは人間に興味がないと言っていたレオの言葉を思い出した。

やがてルバインについていくうち、キユナは庭をかなり奥へと進んでいた。いつしか庭は川辺につながり、その向こうには鬱蒼《うっそう》と木々が生い茂っている。闇の中に川のせせらぎが聞こえ、月光がその川面を白く照らしていた。立ち止まったルバインが、不意に指笛を吹く。それは特徴的なリズムで、短く二回、長く一回続けると彼は大声で呼んだ。

「クストーデ！」

声は樹皮に反響し、わんと響く。なにを呼んだのだろうと不思議《ふしぎ》に思っていると、不意にまっ暗な森の奥から、白い影が近づいてくるのが見えた。ルバインがしゃがみこむと、白い影は跳躍し川を飛び越えた。キユナはハッと息を飲んだ。月光が、大きな狼を照らし出していた。豊かな銀毛にぎょろりとした金色の眼はきつく利口そうだ。口に覗く牙は鋭く、見る者に畏怖《いふ》を与える。

「クストーデ、おいで」

ルバインは寄ってきた狼の顎をそっと掻いた。クストーデと呼ばれた狼は眼を閉じ、気持ち良さそうに鼻を鳴らす。その尻尾がぱたぱたと揺れ、耳は伏して寝る。ルバインにすっかり気を許している。その様子が可愛らしく見えて、キユナは緊張を緩めた。突然、それまでキユナを空気のように無視していたルバインが振り向いた。

「触ってみるかね？」

「…い、いいんですか？」

キユナは再び緊張した。野生の狼に近づくことはやはり恐ろしかった。だがルバインに懐ききった様子は愛らしく、キユナの中でも好奇心が持ちあがっている。

「母親を狩りで殺されたので、私が子狼だったころに育てて、森へ戻した子だ。今でもこうして生きのび、応えてくれる」

ふとクストーデが顔をあげ、ぴくりと耳を大きく前に立てた。まるで主人の言葉を全て聞こうとするようだ。忠実な様子が可愛くて、キユナの恐怖も和らいだ。

「私は猟をしないが、私の猟師たちが獲ってきた肉を食べる。クストーデには私の猟師たちを許すように躾けてある。君のことも、一度で覚えるだろう」

ルバインに促され、キユナは恐る恐る狼に近づいた。クストーデの頭は、キユナのそれよりも大きい。おずおずと顎の下に手を入れ、掻いてやる。クストーデの耳はぴんと立ってキュナに注意を向けていたが、毛の柔らかさにキュナがほっと息をつくと、応じるようにその耳を伏せた。それが嬉しくなり、キュナは微笑んだ。

「動物は好きかね？」

「夜会よりは、ずっと」

正直に答えると、ルバインは初めて笑った。

「そうか……私も同じだ」

月光に照らされたルバインの顔は、笑うと目尻に皺が寄って優しかった。ルバインの瞳は穏やかだ。キュナはその眼差しに、気持ちが凪《な》いでいくのを感じた。この人は悪い人じゃない。きっといい人だ。

「君の名前は？」

「キュナ・フィーレンです」

「キュナ、また私の散歩に付き合ってくれるかね？」

思いがけない誘いにキュナは大きく眼を瞠《みは》ったが、嫌な感情はまるで起きなかった。賭けのためではなく、キュナは単純にルバインの人柄へ好感を覚えていた。

その時、後ろから風に乗って話し声が聞こえてきた。見ると昨日の茶会で会ったレオが、見知らぬ男と庭を歩いていた。横のルバインが立ち上がると、クストーデが身を翻して森へ戻っていく。やがてレオのほうでも、こちらに気づいて手を振ってきた。

「キユナ？　信じられない、兄様と知り合えたの？」

小走りにやって来たレオは、まっ白な絹織りの化粧着姿だ。この主館に暮らしているそうだから、きっと寝室からぬけ出てきたところなのだろう。青白い月光に照らされているレオは、闇の中に白い肌がぼんやりと浮かびあがって、夢のように美しかった。

「レオ、なんという格好だ。体が冷えてしまうぞ。お前はすぐ、風邪《かぜ》をひくのだから」

「…はい。心配かけてごめんなさい」

ルバインが叱《しか》ると、レオは素直に謝り、どこか淋しそうに睫毛を伏せた。

「ルバイン、そう怒らないでやってくれ。私が散歩に誘ったんだ。月があんまり綺麗でね」

レオの後ろに立っていた男が、おどけた様子で口添えをした。いかにも紳士然とした人の善さそうな笑みに、白い口髭と髪。年は五十路を過ぎているだろう。品のいい光沢素材の上着に、杖を持っている。彼はキユナのほうへ視線を向けた。

「レオ、私にも彼を紹介してもらえるだろうか？」

「もちろんです。フレイのご友人で、コンセ市の愛の迷い子、キユナ・フィーレン卿です、叔父様《おじさま》。キユナ、こちらは僕の叔父君、カルロ・ヘルトライト」

「よろしくキユナ、私も愛の迷い子だ。この年まで独り身だがね」

キユナはカルロの名前を知っていた。確か、前領主ニキシオの異母弟で、チェーザの城のさらに奥の城館に暮らしているはずだ。

いつのまにかルバインは踵《きびす》を返し、「良かったらまた、おいで」とキユナに声をかけて闇の中へ消えた。カルロがキユナの隣で驚いた、と呟いた。

「君はルバインに気に入られたようだな、キユナ。さぞかし迷惑だろうが、付き合ってやってくれると、叔父として嬉しいよ。全くの変わり者で、領主の仕事もまともにしない」

カルロが苦笑気味に言い、肩をすくめた。

「残念だが私ももう行かなけりゃ。これからダンスの約束があってね。キユナ、また会えるね」

カルロは再会を約束し、夜会の行われている館へと戻って行った。老いを感じさせない軽やかな足取りや洗練された物腰、公平で大らかな態度はいかにも世慣れた愛の迷い子のものだ。

「どうか叔父様の言葉をうのみにしないでね…。兄様も書面や会議の仕事はちゃんとするんだよ。だけど叔父様は、社交の場に出ることも領主の仕事だと思われていて…」

キユナはレオと連れだって、館のほうへ戻った。

「叔父様は領主補佐をされてるんだ……兄様はあまり領主の仕事をしたがらないから」

どうやら、ペルジーノを実際に治めているのはカルロのほうらしい。

「市民も、領主はカルロ叔父様が相応《ふさわ》しいって思ってるみたい。兄様はなにごとも仕切らないから…でもチェーザは遊んでばかりだし、僕は寝てばかり。僕ら兄弟の中だと、まだ兄様が一番領主向きだから仕方ないよね」

レオはふふ、と笑った。

「フレイやチェーザもそうだけど、愛の迷い子ってみんな陽気だよね。いつも目の前のことを楽しんでる……。僕には真似《まね》できないや…」

レオは笑っていたが、長い睫毛の下で瞳だけは淋しげに揺れていた。

「レオ様も、とてもたくさんの方から好意を寄せられているんでしょう?」

レオは睫毛を伏せ、見てくれだけのことだから、と独り言のように呟いた。

「愛の迷い子なんて…淋しいだけだよ。一生寄り添えるような恋は、まずできないもの」

愛の迷い子にも、レオのような人がいるのか。放埓《ほうらつ》な日々を好む人ばかりだと思っていたから、キユナは驚いた。美しいレオなら、一生の伴侶を見つけるのに苦労はしないだろうと思うのに、淋しげな様子が気になって、どなたか、とキユナは声にしていた。

「どなたか、想う方がいらっしゃるんですか?」

「…愛してほしいと思う人は、いるよ」

レオの白く細い指が、前ぶれなくキユナの柔らかい髪にからんだ。

「きれいな黒髪だね。……僕も君みたいだったら、よかった」

レオの言葉があまりに思いがけなくて、キユナは声が出なかった。キユナには、レオのほうがずっと美しく思えるというのに。

（俺だって、もしレオ様みたいに明るい髪と眼の色だったら、フレイ様も……）

不意にそう思いかけた自分に、キユナは動揺した。自分は明るい髪と眼の色になってまで、フレイにどうしてほしいというのか。

「君みたいだったら…僕も、好きな人に大事にしてもらえたかもって、思っただけなんだよ」

レオの好きな人とは、誰のことだろう。キユナは不安になり、レオを見つめた。不意にその時、キユナ！　と呼ぶ声がした。見ると、正面からフレイが駆けてくるところだ。

「フレイ様？」

キユナは驚き、戸惑った。今度こそフレイは、金髪の女性と会場をぬけ出したと思っていた。

横のレオが立ち止まり、淋しげに微笑んだ。そして夜風に紛れそうな小さな声で、呟いた。

「いいね、キユナは……。大事にされているんだもの」

四

ベラの夜会に出た翌日の午後、キユナは四頭だての箱馬車に乗り、チェーザの持つ城へ向かっていた。馬車にはフレイも同乗している。二人はチェーザが開く「愛の迷い子だけの茶会」へ招待されていた。それにしても、とキユナは向かいに座ったフレイの顔を見て、こっそりため息をついた。

フレイは朝から形のいい眉を寄せ、むっつりと黙り続けているのだ。

(フレイ様は、一体なにを怒っているんだろう……?)

箱馬車は市街の石畳をゆっくりと進んでいる。轍《わだち》の音がうるさく椅子が小刻みに揺れて落ち着かないが、馬車の窓からはうららかな午後の陽が差し込んでくる。だがキユナは憂《ゆう》鬱《うつ》だった。今朝届いたチェーザからの招待状を無視するわけにもいかず、フレイに同行したものの気乗りはしていない。

(チェーザ様はあまり好きになれないし……)

チェーザには昨夜、容姿のことでからかわれたばかりだ。それに茶会と言えば聞こえはいいが、愛の迷い子だけの集まりというのは、ようするにその日の火遊び相手を探す会でもある。そんなところへ行きたいわけもないのに、そのうえフレイの仏頂面《ぶっちょうづら》。しかもフレイの不機嫌は、昨夜からずっと続いていた。

それも、キユナが「勝手に」ルバインと親しくなったせいらしい。昨夜自分に触れた後、勝手にいなくなったのはフレイだろうとキユナは思ったが、フレイはキユナのために飲み物を取りに行っただけだと言い張った。それなのにキユナが「勝手に」ルバインと仲良くなったので、へそを曲げているのだ。

（フレイ様がルバイン様と恋をしろって言ったくせに、わけが分からない）

フレイがなにを怒っているのか、キユナには全く理解できなかった。

「フレイ様、俺はお茶会には最初だけ参加して、先に帰りますから」

「勝手にしろ。その後でルバインとお散歩でもするのか？　あの変わり者と、仲良く虫でも観察するほうがお前みたいなネンネにはお似合いだな」

キユナがルバインの名を口にした瞬間、フレイはなじるように言い放つ。その態度が理不尽に思えて、キユナは薄い肩を怒らせた。

「あなたがルバイン様と仲良くなれと言ったのに、なにが気に入らないんですか！」

「お前がいきなりいなくなって、俺が昨夜どれだけ探したと思うんだ。おかげで金髪美女との約束をとりつけそこねた」

フレイが忌々しそうに舌を打つのを見て、キユナは啞然《あぜん》とした。

(……じゃあなに？　俺とあんな場所であんなことをしておいて、その後は女性とも…するつもりだったのか？)

膝の上に置いた拳が動揺で震え、キユナは唇を嚙みしめた。気がつけば馬車は丘を登り始め、行く手にチェーザの城館が見えてくる。

「よう、キユナ。よく来てくれたな」

城館に到着すると、チェーザがキユナの腕をとって裏庭へ案内してくれた。庭には唐草模様に象《かたど》られた椅子やテーブルが置かれ、茶や焼き菓子が用意されている。すでに集まっていた愛の迷い子たちが、フレイを歓迎して立ち上がった。

「フレイ、この前は贈り物をありがとう」

真っ先にフレイのもとへ寄ってきた金髪の美青年に、キユナは見覚えがあった。ウェナスという愛の迷い子だ。キユナはフレイに命じられ、彼に贈り物を届けたこともある。

「あれが最近のフレイのお気に入りだな」

キユナの耳元で、チェーザが囁いた。言われなくとも知っていると、キユナは思う。フレイの顔からはいつのまにか仏頂面が消え、ウェナスの腰を引き寄せて頰にキスしている。

途端にキユナは、目の前が暗くなる気がした。苦い気持ちが、胸の中に広がる。

(分かってたのに……)

自分がみじめになり、キュナはチェーザから離れて隅っこのほうへ寄った。ウェナスと話すフレイの屈託のない笑みに、ちりちりと焦《こ》げるように胸が痛んだ。

（分かってたのに…フレイ様が俺を可愛いって言うのは抱く時だけで、嘘だって。朝になればもう俺なんてどうでもよくなるって……なのに流された俺は、馬鹿だ）

もう流されない。もう信じない。早く解薬を手に入れて、フレイへの気持ちを捨ててしまいたい。ふと視線を感じて顔をあげると、場にいる迷い子たちがキュナに好奇の視線を投げていた。迷い子の一人が近づいてきて、わざとらしく微笑まれる。

「もしかして普段はどこかのお店にいる？　君なら、僕、行ってみたいな…」

訊かれて、キュナの細いうなじに寒気が走った。失礼、気分が悪いので、と呟き立ち上がる。こちらを見ていた男たちが「男娼を引っかけ損ねた」仲間の失敗を見て忍び笑いしている。また男娼扱いされた。頭から血の気がひくほど動揺し、キュナは庭を散歩するふりをしてその場をぬけ出した。

城と反対に進むと、やがて庭はどん詰まりとなり川へぶつかった。チェーザの城はルバインが所有するヘルトライト家主館の裏手に建てられている。裏とはいえ、二つの城は徒歩で四半刻かかるほどには離れている。城館はどちらも川沿いに建っているので、このまま下流に沿って行けばルバインの館につけるはずだ。

（ルバイン様は、またおいでと言ってくださったから…行ってもいいだろうか）

チェーザの庭にはもう戻りたくない。フレイとウェナスを見ているのも、男娼だと思われるのも嫌だった。それにルバインは風変わりな男だったが、一緒にいて穏やかな気分になれた。

（また話してみたい……あの人は俺が東方人の容姿でも、馬鹿にしなかった……）

行っていいのか迷いながらも下っていくと、昨夜ルバインと歩いた庭の外れにたどり着いた。主館の玄関へはどう回ればいいのか考えていると、ふと声が聞こえてきた。

「……このままじゃ、持って行かれるぞ」

「フレイは、僕にくれるつもりなんです。だから、そんな大それたことはしなくても」

フレイの名前が出て、キユナは驚いた。見れば、川べりにレオとカルロが立っている。

「城と庭はどうでもいい。問題はレオ、お前の正当な権利まで奪われることだよ」

カルロはキユナに背を向けているが、レオの顔を覗き込み、その頬を撫でたのがわかった。レオは白い肌を青くし、俯いている。その唇まで血の気を失い、白くなっている。

「ニキシオは愚かな兄だった。お前みたいな可愛い子を、愛さなかったなんて。……ルバインも所詮は、お前の父親にはなれない。あれも……黒髪の呪縛にかかっている」

眉を寄せたレオに、私は違うよ、とカルロが優しく囁いた。

「私はお前を愛してやれる。……父のようにな」

レオの美しい琥珀《こはく》の瞳に、みるみるうちに涙が盛りあがった。キユナはどきりとして、息を詰めた。痛みをこらえるような表情で、レオは「嘘ばかり……」と呟いた。

（……正当な権利って？　黒髪の呪縛って、俺のこと…？）

キユナは細い体をさらに縮ませて木陰に隠れ、二人を視界から追い出した。見てはならないもの、聞いてはならないものに触れてしまった気がした。なぜレオは泣いているのか？城と庭というのは、最後の愛人の子どもにニキシオが遺したもののことなのか？

（それをフレイ様がレオ様にあげる？　……どういうことだよ？）

キユナは混乱した。カルロとレオの関係も、ただの叔父と甥《おい》には見えなかった。もう一度そっと伺うと、二人はすでに立ち去っていくところだった。


レオとカルロの様子に勢いを削がれ、キユナはルバインを訪ねるのは諦めてチェーザの庭へ戻ることにした。今度は川沿いに上流へ向かいながら、昨夜のレオの言葉を思い出していた。レオは君になりたい、と言ってキユナの黒髪を羨《うらや》ましがった。

（……どうしてレオ様はあんなこと、言ってたのかな…）

川べりに立ち止まり、キユナは午後の光を反射する川面《かわも》に自分の姿を映し出した。黒髪に黒い眼、黄色い肌に低い鼻。それに可愛げのない性格をした自分より、明るい色の髪と眼、白い肌に愛らしい性格のレオのほうがずっと羨ましいとキユナは思う。

フレイがウェナスの頬にキスしていたことを思い出し、キユナは泣きたくなって座りこんだ。自分がレオのような容姿で、レオのように素直ならフレイも好きになってくれたかもしれない。そう思っている自分が、キユナには情けなかった。

（馬鹿な俺……今さらこの容姿も性格も、変わらないのに……）

泣き出しそうな自分の顔が、川面に映っている。こんな感傷的な気分になるのは、惚れ薬のせいだ。

『キユナ、愛しているわ。だからどうか、ここでお母さんを待っててね』

物思いにふけるキユナの耳の奥へ、蘇《よみがえ》る声があった。それは母の声だ。十二年前の雪の日、エオトス家の門前にキユナを置き去りにする時、母はそう言ったのだ。

コンセの小さな商売宿で、売春婦だった母と二人、つましい生活をしていた記憶は遠い。冬の間も薪一つ買えなくて、薄い毛布に二人でくるまって温めあった。けれど貧しさを辛いと思ったことはなかったし、母の言葉を疑ったこともなかった。置き去りにされてからもずっと母との約束を信じていたキユナは、冬が来るたび、雪が降るたびエオトス家の門前で母を待った。それを家の中へと連れ戻しに来るのは、いつも決まってフレイだった。

『いつまでも待つな。お前を捨てた母親なんか。その女は、お前を愛してなんかいなかったんだ、きっと』

あれは年の瀬を祝う冬の祝祭が始まる日だった。エオトス家に拾われて三年ばかり経ったころ、眉をしかめて唾棄《だき》するようにフレイが言った。母はキユナを愛していなかったと。小さなキユナはそれを聞いて、声を張りあげて泣いた。

『だから俺がお前を……』

あの時、フレイはまだなにか言い続けていた。けれどキユナには、フレイがなんと言っていたのか、いまだに思い出せないでいる。

「おい、キユナ！　こんなところにいたのか」

振り返ると、チェーザがのんびりと歩いてくるところだった。

「すみません、勝手に庭をうろついて……」

「それはいいが茶会はもう終わったぞ。フレイは帰ったが、よければ馬を貸すか？」

（ウェナス卿と帰ったんだろうか？）

ふと脳裏を過《よ》ぎった疑問に胸が苦しくなる。キユナはいいえ、と頭を振った。

「歩いて帰ります。途中で辻馬車を拾っても構いませんし……」

「おいおい、冗談だろう。平民じゃあるまいし、貴族の男が貧相な辻馬車か？」

からかうような笑みを浮かべたチェーザに、キユナはしまった、と思った。いつもの癖が出てしまったが、自分は今貴族の子息、愛の迷い子ということになっている。

「まあいい。それならエオトスの別邸へ使いを出してやるよ。それまで俺の茶に付き合ってくれるだろ？」

チェーザの提案を、キユナは受け入れることにした。そのほうが自然だろう。

チェーザの城は薔薇窓や尖状屋根が特徴的な飴色の建物だ。中へ入るとチェーザは着ていた上着を投げるように床へ脱ぐ。従者がそれを拾いに来ると、チェーザは脱いだ革靴をわざと従者の背に投げつけたのでキユナは息を詰めた。だが従者は慣れているようだ。もくもくとその靴も拾う。

キユナは贅沢な調度で整えられた応接間へ案内された。従者が杯に葡萄酒を注いでくれ、甘い香りが部屋の中にあふれる。チェーザが脇卓の小箱から彫刻細工が施された海泡石の煙管《キセル》を取り出し、慣れた手つきで葉を詰め火をつけると、紫煙の匂いが部屋に籠もった。

キユナは落ち着かず、薄い肩をすぼめてビロード張りの椅子に浅く腰かける。

「なあ、ルバインと知り合ったそうだな？　どんなしかけを使ったんだ？」

「べつになにも……。偶然話す機会があっただけで」

「ふうん？　…どちらにしろ、うまいことやったもんだ。兄上はもう何年も黒髪の呪いにとりつかれているからな……俺も、お前みたいなのを駒にするんだったな」

独りごち、チェーザは冷笑するようにくく、と嗤った。キユナは居心地が悪かった。

(チェーザ様は、フレイ様と似てるようで、あまり似てないのかも)

キユナはチェーザに、フレイにはない冷たさを感じた。フレイは従者の背に脱いだ靴を投げ捨てたりはしない。だが貴族にあっては、チェーザのような行いは珍しくない。

（俺が本当は、貴族じゃないって知ったら……チェーザ様は怒り狂うかもしれない）

キユナはしゃべらなくていいようつい杯に口をつけすぎ、葡萄酒はすぐ空になった。

「キユナ、フレイは優しいか？　そんなにあいつがいいか？」

煙管を口から離し、灰を捨てたチェーザは物憂《ものう》げに眼を細めた。なんの話だろう。キユナが訝しく眉をひそめると、チェーザは口の端で嗤う。

「フレイは魅力的な男だ。だが…さ、飽きっぽい。なあ、あいつなどやめちまえ。俺なら可愛がってやるぞ」

キユナはやっと理解した。チェーザはキユナを、フレイの愛人だと思っているのだ。

「あいつの好みを知ってるだろ？　男でも女でも、明るい髪色に色白の美形ばかり選ぶ。お前はすぐに捨てられる。お前を相手にしてるのは、ヘルトライトの遺産目当てさ」

「俺はフレイ様の愛人じゃありません」

キユナは小さな顔をしかめて杯を置いた。悔しく、みじめだった。それは愛人呼ばわりされたせいか、フレイの好みが自分ではないせいか、キユナには分からなかった。

「まだ、エオトス家から迎えは来ませんか…？」

立ち上がろうとして、キユナは異変に気づいた。酔ったのか手足が痺れていた。よろめき、椅子に尻餅をつく。眩暈《めまい》がして、キユナはへなへなと肘掛けにもたれた。

「……いいことを教えてやろうか？」

チェーザがゆらりと立ち上がり、椅子の肘掛に両手をつくと、その長身でキユナの視界を覆うように迫ってきた。

「俺に…なにを、した、んです」

喉がかすれて声が出ない。

(まさか、薬を、盛られた…?)

今さら気がついた。チェーザは一口も杯に口をつけていない。急に体が熱くなり、頭が痛み出す。冷たい汗が額に吹き出て、眼の前が霞んだ。その視界の中で、キユナはチェーザが悪魔のように唇を歪めて、微笑むのを見た。

「……フレイはな、お前を利用してるんだ。あの城と庭を、やりたいヤツがいるのさ。誰か、分かるか?」

レオだよ、と言うチェーザの声が聞こえたが、それは次第に遠のいていく。

(どういうこと? どうしてフレイ様がレオ様に……)

問おうとしても、声が出ない。次の瞬間キユナは睡魔に襲われ、そのまま墜落するように意識を手放していた。

熱い。体が火のように燃えている。奥が焦げるようだ。体の中に硬いものを入れて搔き混ぜてほしい。欲情に、体が疼いている……。

「目覚めたか？」

キユナはごくりと喉を鳴らした。薄暗い部屋の天井を蠟燭の灯火が丸く照らし、その中に、キユナを覗き込むチェーザの影が大きく映って魔物のように見えた。

キユナは見たことのない小部屋の、寝台の上に転がされていた。細い両手首は頭の上、寝台の飾り柱にくくられている。口にはきつく布が巻かれ、声が出ない。そして衣服は取り替えられていた。胸元のはだけた薄物の寝間着を着せられ、両足の太股まで割られた裾からすうすうと風が通る。下着さえなく、婀娜《あだ》っぽい黒地の薄布の下に象牙色の肌とほっそりしたキユナの肢体が透けている。それは娼婦の服だった。

羞恥と怒りに、キユナはまっ赤になって震えた。その表情を楽しむように、チェーザは眼を細めた。

「どんな気分だ？　男が欲しくなってこないか？」

薄い胸元をなぞられた瞬間、キユナの体はびくんと震えた。

（…あっ）

細い喉の奥に喘ぎがこもる。桃色の乳首がぴんと勃ち、衣擦れにさえ甘い快感が腰をかすめた。性器の先端に、ずくりと熱が走る——。

（…なに、なんなんだ、これ…っ）

猿轡《さるぐつわ》の下で、すでにキユナの息はあがっていた。

「……媚薬は初めてか？　さっきの葡萄酒に、たっぷり混ぜておいたんだが」

馬乗りになったチェーザが両手でキユナの胸に触れると、まるで膨らみをつくるように下から薄い肉を押し上げ、その頂上でぷっくりと膨れた桃色の粒の周囲を、親指と人差し指でやわやわと刺激する。

「んっ、んんっ、んーっ」

強烈な快感が突き抜けた。いや、いや、いやだ。首を振る。

「いやらしいな、ちょっと胸を触れただけで……女のように感じるのか、さすが男娼だ」

（男娼？）

キユナは自分が、青ざめたのが分かった。思わず見つめると、チェーザは嗤った。嗤いながら、親指の腹でキユナの乳首をくに、と押す。背がしなり、性器の先がどくっと膨れる。媚薬の効果なのかキユナの性器はすでに痛いほど屹立し、薄い布を持ち上げている。

（あっ、いやだっ、ああっ、あーっ）

チェーザに乳首を摘んで引っ張られて、キユナは性器をはち切れさせた。布の中に熱い飛沫を放つ。太股も薄い衣服もぐっしょりと濡れ、細い体がしなってびくびくと震える。達した瞬間を見られた屈辱《くつじょく》に、目尻の睫毛が涙で濡れた。キユナの腹から腰を浮かせながら、チェーザがゲラゲラと嗤う声が聞こえてきた。フレイとチェーザは似ていない、とキユナは思った。

(似ていない。全然、ちっとも、似ていない……)

ぎゅっとつむった瞼から、悔しさに涙がふきこぼれた。フレイはこんなやり方をけっしてしない。たとえその場限りだとしても、触れられている間は本当に愛されていると勘違いするほどに優しい。怖いことはしないと、優しくするだけだと、耳元で蜜のように甘い睦言を囁きながらゆっくりとキユナを解いていくのがフレイの抱き方だった。

(フレイ様はいいかげんだけど……俺を、男娼扱いして抱いたりしない…)

突然キユナは、フレイへの恋しさで胸がいっぱいになった。

「いやらしい子だ、胸を弄られて、お漏《も》らしをするなんてな…」

チェーザがキユナのぐっしょりと濡れた裾をからげた。キユナは首を振り体をねじろうとしたが、力が入らない。股を割られ、肉付きの薄いほっそりした太股を持ち上げられた。

(いやだ、いやだ、いやだ…っ)

足を大きく開かれて、奥の後孔をチェーザの視線にさらされる。

「硬そうな蕾だな？　さんざん、フレイに弄られているんだろうに。東方人は、ここが小さくて締まりがいい。まさに男娼にはぴったりだ。俺も何度か買ってるぞ」

足の間に、突如冷たいものがふりかかる。見ると、チェーザが小壷を持ち、その中身をキユナの後孔にかけている。白く、とろとろとした感触の液体だ。

「これも媚薬だ。すぐに正気を失うほどの快感を得られる」

チェーザの指が無遠慮に後孔へ入り込んできて、キユナは息を詰めた。

「そういえば、フレイはそろそろ気づいて戻ってくるんじゃないか？」

中をくちゅくちゅと掻き混ぜながら、チェーザは思い出したように言う。キユナはフレイの名前に、眼を見開いた。大きな黒い瞳が、物言えぬかわりに不安に揺らめく。

（戻ってくるって……どういうことだよ…？）

キユナの反応に気をよくし、チェーザが意地の悪い笑みを浮かべた。

「お前がいなくなっていたから、俺がヤツに言ったんだよ。お前は兄上の家に行ったってな。ヤツのことだ。お前が兄上の家に本当に行ったか、調べてるだろうからな、そろそろ俺の嘘に気づいたんじゃないか？」

いつもこの手口で、ヤツから愛人を奪うんだ、とチェーザは嗤った。

「フレイは、他の男の肉竿をのみこんで喘いでいるお前を見たら、なんと思うかな」

（……助けて）

猿轡の内側で、キユナの小さな歯が震えた。恐怖で、頭の中が冷たくなった。そんな姿をフレイに見られたら、死んでしまうと思った。きっと嫌われてしまう。今よりもっと嫌われてしまう。

「悲しいのか？　だが安心しろ、なんとも思わないかもしれないぞ」

チェーザはせせら嗤い、キユナの濡れた足の間に己の腰を入れてくる。

「なにしろお前は東方人だ。男娼ごときの浮気なんざ、フレイにとっては痒《かゆ》くもないさ」

「本気でそう思っているのか？　チェーザ」

不意に部屋の扉が、けたたましい音をたてて蹴破られた。キユナが振り返るより先に、肘掛け椅子がチェーザめがけて飛んできた。叫び声をあげながらチェーザが飛びのく。椅子は反対側の窓をぶち破り、硝子と木っ端が飛散した。

男の影が部屋に躍りこみ、寝台の上からチェーザを引きずり下ろした。フレイだった。フレイはチェーザの鳩尾にしたたかに膝蹴りをかまし、腰の剣を素早く抜き放った。床に倒れ落ちたチェーザの喉元に、鋭い切っ先を突きつける。

「チェーザ、俺は言ったな。彼は俺の友人だと。こんな真似をなぜしたか、今は訊かないでおいてやる。そのかわり二度目はないぞ」

フレイの声は低く、凍てつくように冷たい。普段感情豊かなその顔からも、表情という表情が一切削げ落ち、ただ飴色の瞳だけが燭台の灯を反射して不気味にぎらついている。

「次は貴様を殺してやる」

フレイが唸るように吐き捨てると、チェーザは青ざめた。引きつった笑みが、口許に浮かぶ。

「じょ…冗談だろう？　いつもやってる遊びじゃないか」

「いつもやっているだと？　貴様が俺の愛人を奪っていく時の話か？　その時いつも、手首を縛って猿轡をかませて、奴隷のように抱いたというのか？」

フレイは低く問い返し、剣をしまってキユナの手首を解放した。猿轡もはずすと、まるで壊れ物を扱うようにそっとキユナを抱き上げてくる。座り込んだままのチェーザが、かん高く嗤いだした。

「フレイ、お前の嘘なんざ俺には分かってるんだ。東方人の貴族などいるはずがないだろ！本当は、そいつは男娼だろうが。男娼を縛って、なにが悪い」

雷のような速さで、フレイの足が動いた。鋭い一撃がチェーザの腹に突っ込む。チェーザは吹き飛び、腹を抑えてのたうちまわった。

「キユナは俺の家族も同然だ。エオトス家を敵にしたくなければ、二度とこんなことはするな」

フレイが冷たく言い放つと、床にはいつくばるチェーザは悔しげにフレイを睨みつけた。

五

チェーザの城を出ると、フレイの箱馬車が停めてあった。キユナは奥の席に下ろされ、フレイが着ていた外套を脱いで体を包むようにかけてくれた。馬車が動き出すころ、キユナは自分の小さな体が、フレイの大きな温かな外套の中でも、かたかたと震え続けているのに気がついた。媚薬のせいで体はまだ熱く燃えているのに、震えが止まらない。キユナは縮こまり、隅っこの壁へ身を押しつけて俯く。

恥ずかしかった。情けなかった。フレイに、顔を見られたくなかった。

「……キユナ」

隣に座ったフレイが、手を伸ばしてくる。その指先が肩に触れ、キユナは細い体をすくませた。ためらうように一度離れたフレイの大きな手が、今度はそっと髪を撫でてきた。

「……怖かったな。もう、大丈夫だよ」

違う。怖かったわけではない。恐怖より屈辱が、恥ずかしさが、なにより悔しさが胸に募る。首を横に振る。フレイの手の優しさに感情を抑えきれなくなり、キユナは頬に大粒の涙をこぼした。その途端、涙と一緒にキユナの気持ちまでもが歯止めを失った。

「…あなたたち貴族は……っ、みんな、なにがそんなに偉いんですか…っ」

フレイは黙って耳を澄まし、身じろぎもせずキユナを見つめている。飴色の瞳には、いつもの不真面目《ふまじめ》なからかいはかけらもなく、端麗な顔だちは真剣だった。

(違う、悪いのは、フレイ様じゃないのに)

分かっている。フレイに言うべきことじゃない。だがキユナは傷ついていた。傷ついて、言葉を止める余裕などなかった。

「俺を辱めて、いいのは…っ、俺の髪が黒いから？　眼が黒いから？　肌が黄色いから？　あなたたちより醜いからですか…っ」

「お前が醜いなんて」

驚いたように息をのんで一瞬言葉を切り、フレイが顔を覗いてくる。

「思ったことなどないよ、キユナ」

「嘘ばっかり！　いつも、俺が東方人だって馬鹿にしてるくせに！　みんな、あなたたち貴族は……俺を男娼だと思ってるんだ！」

感情が昂ぶり、キユナの口調は乱暴になった。本来なら許されない言葉使いだ。一緒に育った幼いころならいざ知らず、キユナはここ数年、フレイに対してこんな言葉を使わないように気をつけてきたのに。だがフレイは気にしないのか、試すようにゆっくり、おずおずと言ってさえいいような手つきで、キユナの髪に指を梳き入れてくる。

「俺はお前の黒髪が好きだよ」

キユナはしゃくりあげた。こんな言葉に流されるものか。昨夜も流されて、すぐに後悔した。キユナはフレイを押しのけたかったが、体は金縛りにあったように動かない。

「好きだよ。お前の黒い髪は、絹糸のようにきれいで、柔らかい」

フレイの指がそっとこめかみをたどって、キユナの濡れた目尻を拭う。

「瞳は黒葡萄のように美しい。光があたると、星空のように輝く。俺を睨むと子猫のように可愛い。お前の眼差しはいつもまっすぐで一生懸命で……素直で、好きだよ」

頬を撫でて、フレイは肌も、と続けた。

「きめ細かくて、東国の砂地のように滑らかな象牙色だ」

「鼻が低いといつも嗤っていたでしょう」

「ああ、鼻は」

フレイはおかしそうに笑い、キユナの低い鼻を優しくつついた。

「お前の神秘的な顔の中で唯一、愛嬌があって、可愛い」

キユナの薄い肩に、身を寄せてきたフレイの厚い胸がとん、と当たる。

「キユナ、お前のもので、俺が好きにならないものは一つもない」

囁きは蜜よりも甘く、そして耳に優しく、フレイの手はゆっくりとキユナの髪を撫でている。キユナの震えは止まっていた。まるで吐息のような声で、フレイが訊いてきた。

「お前に、口づけても？」

逆らえない引力を感じて、キユナは小さな顔をあげた。フレイを睨もうとしたのに、なぜだか喉が熱くなり、涙があふれた。フレイに涙を見せたのは、子どものころ以来だった。

フレイは悲しげに眉を寄せ、飴色の瞳を切なく潤ませて泣かないでくれと囁いた。

「お前に泣かれると、俺は弱いんだ。なんでも、してあげたくなる」

「……嘘ばかり」

（いつも泣かせたいって言ってるくせに……やっぱり、フレイ様は嘘つきだ…）

いいかげんでだらしなく、愛のための嘘なら千も万も持っている。どうしようもない男だ、ずるい男だ、流されてはならないとキユナは知っている。なのに――優しい男だとも、知っている。今この瞬間だけは、本当にキユナの涙を案じている。ずるいけれど、憎めない。嘘つきだけれど、嫌えない。嫌えないどころか……。

「どうせ明日になったらフレイ様は、全部忘れていつもみたいに俺をからかうくせに…」

キユナはフレイをなじった。なじりながら、この言葉は明日も優しくしてほしい、変わらずに好きだと言ってほしいという本心の裏返しなのだと感じた。明日またフレイに冷たくされたら、キユナの心は折れてしまう。それが怖くて甘えられない気持ちと、今なにもかも投げ出してフレイの胸に飛び込みたい衝動で、心は振り子のように揺れている。

「俺の言葉にうろたえるお前が可愛いから……」

フレイは優しく微笑し、キユナの頬を大きく温かな両手で包んだ。

「もしも誓いの言葉が欲しいなら、キユナ、いくらでも誓うから」

誓いの言葉が欲しいなら。

欲しいと、キユナは思った。欲しい、欲しい、欲しい、激しい渇望《かつぼう》が胸を焼いた。もう意地悪をしないと誓ってほしいわけではない。今のままのフレイでいいから、ただ愛していると、お前だけだと、この気持ちは真実だと言ってほしい。そうすれば、それがまた嘘でも、自分が流されたのは騙されたからだと言い訳ができる……。

気がつくとキユナは、フレイの首に腕を回してしがみついていた。騙されたいと思っている自分の愚かさが、切なかった。

(もう、だめだ…俺はこの人が、好き…フレイ様が、好き…)

この瞬間キユナは、フレイへの恋心に膝を折ったのだった。

フレイはキユナを恋を知らぬ冷たい男だと言い、キユナはそれでいいと思ってきた。恋も愛も要らなかった。だが心の奥で、本当は愛されたいと思っていたのだろうか？　黒い髪黒い眼、黄色い肌や冷たくて生意気なこの性格を、フレイに愛してほしいと思っていたのだろうか？

(だって俺は、すごく嬉しかったんだ……)

疎《うと》まれているキュナの容姿を、可愛げのない冷たいこの性格を、たった一晩限りでもフレイが愛していると言ってくれたことが、嬉しかった。

この気持ちをもう拒めない。解薬を飲んだところでフレイへの恋心が本当に消えるのか、キュナにはもう自信がなかった。

キュナは薄い瞼を閉じ、轍《わだち》の音がこだまする中で自らフレイの厚い唇へ唇を合わせた。自分の唇が、怖さと恥ずかしさで淡く震えているのを感じた。フレイが一瞬驚いたように身じろぎ、けれど次にはさらうように強く、キュナの腰を引き寄せてくる。轍の音に、濃く交わす口づけの音がまざる。

屋敷につくと、抱えられるようにして馬車から下ろされ、そのままフレイの寝台へ運ばれた。キスを繰り返しながら互いの衣服を脱がせて、裸の胸と胸を合わせた。

フレイの裸身を見るのは初めてだった――引き締まった体軀、厚い胸板は衣服の上から見る以上にしなやかに鍛えられた筋肉で張り詰め、軽い嫉妬《しっと》とくらくらするほどの色香を感じた。根本的に華奢なキュナとは、まるで骨格が違っていた。

媚薬の効果は薄れていないのか、キュナの性器は硬く勃ちあがって蜜に濡れ、乳首を舌先で転がされると、声が止まらなくなった。足を抱えられて股を割られ、濡れた秘奥を眼の前にさらしても、キュナはもう抵抗しなかった。太股に当たるフレイの杭を、嬉しいと思ってしまう。

だがいざ挿れる段になって、フレイは戸惑ったように動きをとめた。キユナの小さな後孔はもうフレイの指を三本も飲み込み、柔かくなっていた。媚薬が随分垂らされたからか、中はちょっと擦られただけでも前の性器から蜜があふれるほどいやらしくなっている。それなのに入り口に雄を当てたまま止まっているフレイに、キユナは不安になった。

「……やっぱり、俺相手だと、その気になれませんか？」

驚いたように、フレイが眼を瞠った。

「まさか。そうじゃない、そういうことじゃないよ。ただ……」

焦った声で、フレイはキユナの頬を両手で包む。

「十二年も知っているお前のここに……押し入っていいのかと思って。今はよくても、後で眼が覚めたら、お前は後悔するんじゃないかと。俺は、お前を、傷つけようとしているんじゃないのか…？」

フレイの飴色の瞳が、不安そうな光を宿して揺れた。目許は情欲でうっすらと赤らみ、硬く張り詰めた性器をキユナの腰に当てていながら、なおフレイは迷うように息を詰めた。

フレイの硬い左胸に手を置くと、意外にも激しく脈打つ心臓を感じてキユナは驚いた。

（……フレイ様は俺のこと、そんなふうに思って、くれるんですか？）

いいかげんな男なのに、肝心なところで優しい。今になって、キユナはこれまでフレイが体を触ることはしても、挿入しようとはしなかったことを思い出した。突然切ない愛しさを感じ、キユナはフレイの首に腕を回した。

「いいから、挿れてください。……そうして、ほしいんです」

口にするのは死ぬほど恥ずかしかったから、フレイにしがみついてまっ赤になった顔を隠した。フレイは息をのみ、やがてキユナの解《ほぐ》した入り口にゆっくりと入ってきた。

「ん…、あ…っ」

指とは比べものにならない大きな熱が、ぐっとキユナの後孔を進んでくる。嫌悪感はなかった。これがフレイのものだと思うと、震えるほど嬉しいと感じている自分がいた。

「きついか？」

「平…気……」

気遣うように、フレイはキユナの性器を撫でている。

「全部…？」

「ああ、入った。お前の中は、気持ちいいよ」

浅い息の中で、キユナはほっと息をついた。よかった、と言葉がもれて、中でフレイのものが大きくなる。

「…ッ…んっ」

ゆるく腰を振られる。挿入されるのは初めてで痛みはあるが、それ以上に強い快感が性器の先端を抜けた。フレイはキユナの弱いところを覚えているらしく、硬い杭をそこに擦りつけてくる。キユナの前の性器がじんと熱くなり、蜜があふれる。

「キユナ、可愛いよ」

「あ……っ」

キユナの顔中に、フレイの口づけが降った。揺さぶられるうちに、キユナの下半身はぐずぐずに溶け出した。声もだんだん大きく、抑えきれなくなる。

「あ…っ、ああ、あ……ーっ、は」

足を開いて男に挿れられ、こんな甘えた声を出している自分が恥ずかしかったが、止まらない。肌と肌がぶつかる卑猥な音が部屋中に響き、中であふれたフレイの蜜が、キユナの柔らかな後孔の入り口でぐちゅっと鳴る。

「気持ちいいか…？」

普段なら絶対にできないが、今ならいいわけがつく気がして、キユナは赤く染まった顔でうなずいた。

(気持ちいい……フレイ様が、優しい…から)

一際大きく突き上げられ、キユナはのぼりつめて性器を弾けさせた。フレイの精もキユナの中に放たれ、温かな衝撃が腹の中を襲う。キユナの後孔は、フレイの杭をくわえて痙攣した。倒れこんできたフレイが、涙のにじんだキユナの目尻にキスを落としてくる。

可愛い、好きだよ、俺のキユナ……甘い言葉がフレイの口からつるつると滑り出てくる

のを聞きながら、キユナはまどろみはじめた。緩めた足で、そっとフレイの厚い腰を包む。

(本当は、あなたが、好きです)

朝になればフレイの愛は、瞬く間にすりぬけて消えていくだろうけれど。


歌声が聞こえる。懐かしい声だ。埃《ほこり》っぽい小さな民家の中、硝子さえない蠟布張りの貧しい窓辺に女が座り、膝に縫い物を広げて小さな声で歌っている。窓から射しこむ陽光が女の苔色のスカートと、指にはまった真鍮の指輪に照り返している。

『……愛が恐れを知らぬなら……』

歌声が途切れ、女が振り向いた。キユナはお母さん、と呼びかけた。

窓硝子から射しこむ光に瞼を叩かれ、キユナは夢から覚めた。日の光はすでに明るく角度もきつく、どうやら昼を過ぎているようだった。

(寝坊してしまった……)

起きあがるとキユナは裸だった。体中に昨夜フレイのつけた口づけの痕《あと》が散らばっていたが、隣にフレイは寝ておらず、予想していたことなのにキユナの胸はずきりと痛んだ。

キユナはフレイの寝室をこっそり抜けて、自室で簡単に着替えた。小使いに訊くと、フレイは少し前に屋敷を出たと説明された。キユナはその答えに、さほどがっかりしなかった。昨夜の高揚はすでに冷めている。フレイを好きだという気持ちは枯れていないけれど、フレイが昨夜誓ったことを信じてもいない。今頃フレイはまた、別の愛人を口説《くど》いているのだろう。そう思うと苦しかったが、仕方ないと諦める気持ちも強かった。

「キユナ、お客様がいらしてるわよ」

ちょうどキユナが着替え終えるころ、屋敷の侍女がキユナを呼びに来た。キユナは怪訝《けげん》な気持ちで応接間に向かい、「客」の正体を知って扉口で立ち止まった。

「昨夜は世話になったな」

応接間に立っていたのは、両手に大輪の薔薇束を抱えるチェーザだった。昨夜の行状など忘れたのか、陽気な笑みを浮かべてキユナへ薔薇を捧げてくる。

「お前の黒い瞳に映えると思ってな、早咲きのモッコウ薔薇だ。美しい黄色だろ？」

薔薇の芳《かぐわ》しい匂いが部屋いっぱいに充満し、むせ返るほどだ。差し出された花束を、キユナは胡乱《うろん》な眼で眺めた。

「昨夜の今日で、よくいらっしゃいますね」

「ん？　だから、謝りに来たんだろうが」

(呆れた……)

正直、怒りよりも呆れが勝った。フレイと似ている……と言えば、この切り替えの速さはやはり似ているかもしれない。だが生憎《あいにく》、キユナは根に持つほうだ。

「あなたと話すことはありません。お引き取り下さい」

一秒でも顔を合わせたくないのだ。ぴしゃりと言いのけて背を向けようとすると、チェーザは「待ってくれ！」と憐れっぽい声をたてて薔薇を投げ出し、キユナの腕を取った。

「いじめすぎたことは謝る。だけどな、俺はお前を気持ちよくしてやろうと……」

「それ以上聞きたくありません！　帰ってください」

「そう邪険にするなよ、告白くらい最後まで聞くものだ」

「なにが告白ですか、ぬけぬけと。人を男娼呼ばわりしておいて！」

いけしゃあしゃあとしたチェーザの態度に、キユナのこめかみで血管が切れそうになった。不意にキユナの腰に腕が回され、チェーザの顔が迫ってくる。

「なあ、フレイなんてやめちまえ。俺と結婚しないか？」

キユナは、いよいよチェーザの頭がおかしくなったのかと疑った。昨夜男娼となじった相手に求婚とは、ふざけているとしか思えない。

「フレイにはお前のよさが分からんのさ。俺はお前が好みだ。神秘的な容姿も、子どもっぽいくせに艶めかしい体も。どこをとってもいじめたく……いや、可愛がりたくなる。俺のものになれば、一生贅沢させてやる」

「鎖につないで、ですか？　遠慮します」

とことんまで馬鹿にする気なのか。キユナはまっ赤になってチェーザの胸を押しのけた。

だがチェーザはどかず、かわりに唇を寄せてきた。

娼婦のように扱われることに、キユナはとうとう我慢を切らした。体は小さいが、従者として一応の護身術くらい知っている。隙を狙い、キユナはチェーザの腰に刺さった短剣を素早く抜き放った。

「ちょ……ちょっと、待った。な？　俺はなにもしてないじゃないか」

刃を突きつけられると、チェーザは呆気なく離れた。その顔は青ざめ、苦笑いが浮かんでいる。昨夜彼がフレイにやりこめられた時もそうだったが、どうやらチェーザは図体は大きいが気は小さいらしい。刃物を見る眼が本気で怯えている。

キユナがようやく短剣を戻すと、チェーザはほっとしたように椅子へ腰を下ろした。

「……俺は案外本気なんだぜ。フレイよりは俺がずっといいぞ」

「なんのことか分かりませんけど、俺は失礼いたします」

退出しようとしたキユナに、チェーザはにやりと笑い、昨日の話さ、と続けた。

「お前、フレイを信じているようだけどな、あいつは、お前を利用しているぞ。言ったろ？　あいつはレオに、あの城と庭をやりたいんだよ」

出て行こうとしたキユナの足は止まった。不意に昨夜、朦朧《もうろう》とする意識の中チェーザが言いかけた言葉が、耳の奥に蘇ってきたのだ。

『……フレイはな、あの城と庭をやりたいヤツがいるのさ。レオだよ』

あの城と庭というのは間違いなく、最後の愛人シエナの子どもにニキシオが遺した城と庭だろう。賭けの内容を聞いたばかりの時、キユナは違和感を感じていた。どうしてフレイは、そんな賭けを持ち出したのか？　チェーザに勝ちたいからというだけの理由では、フレイらしくないと。ふと、昨日ルバインの庭で聞いたレオとカルロの会話が浮かぶ。レオはフレイが、城と庭をくれるのだと話していた。

黙り込んだキユナの表情を見て、チェーザがにやりと口角を持ち上げる。

「あの二人は、報われぬ恋をしてるのさ。あいつらは以前恋人同士だったんだ。フレイは今も、レオを愛してる」

（まさか――……）

フレイは一夜限りの愛を楽しむことはあっても、振り向いてくれぬ誰かを思って心を痛めるような男ではない。それも、相手はレオ？

『キユナ、この旋律、どう思う？　報われぬ恋に身悶える切なさが伝わるか？』

そう言ってフレイがリュートを奏でていたのは、いつのことだったろう。つい最近だ。後頭部をなにか重いもので殴られたような衝撃が、キユナの体を貫いた。目の前が一瞬暗くなったような気がした。レオ・ヘルトライトの美しい、けれど淋しげな横顔が脳裏に瞬く。レオはキユナになりたがった。あれは、本当はキユナの黒髪ではなくフレイのそばにいられる立場を羨《うらや》んだのだとしたら？

「なあキユナ、フレイが憎くないか？　お前を利用して、想い人に贈り物をしようというんだ。今だって、フレイはレオに会いに行ってる」

チェーザを睨みつけても、キユナは動揺を隠せていなかった。大きな黒眼が揺らめき、顔から血の気がひいているのを感じる。それを見てチェーザは面白がるように笑っている。

「俺と組まないか。あいつらの鼻を明かしてやるのさ」

「お断りします」

「たった一度の悪戯でそうもつれない態度をとるなよ。それじゃレオには敵わないぞ」

これ以上話をすれば冷静でいられなくなる気がした。背を向けたキユナを、チェーザの大仰なため息が追ってくる。

「フレイはな、優しげな相手が好きなんだ。お前の性格じゃ、フレイとは結ばれないぞ」

自分でも分かっていることを言われ、キユナは腹の中が熱くなるのを感じた。なにか言い返してやりたいが、言葉が見つからない。

「言っておきますけど」

震える声が、喉を通る。

「俺は誰とも結ばれたいと思ってません」

叩きつけるように言って、キユナは部屋を後にした。一人になりたくて、庭へ出て厩《うまや》に向かう。自分の馬に鞍を置いて引き出していると、馬丁がのんびりと声をかけてきた。

「キユナもヘルトライト邸に行くんかい。ポニーの様子を見てきてくれんかね」

「ポニー？」

キユナは怪訝に眉を寄せた。六十過ぎの馬丁は人の好い笑顔でフレイ様がそっちへ連れて行ったから、と話した。

「あのお屋敷にきれいなお坊ちゃんがいるだろ。レオ様とかいう。あのお坊ちゃんが体が弱いんで大きい馬に乗れんと、フレイ様が今朝方、うちからポニーを連れてったんだ」

聞かなければよかったと、キユナは思った。まだ子どものポニーだからあまり慣れない場所に置いておくのは不安だと話す馬丁に、ちゃんと見てくると答えながら、キユナの指からは力が脱けていった。それでもなんとか馬に乗り、裏庭から郊外へ出た。

並足で草地を行きながら、けれど手綱を持つ手を下ろしてしまったキユナに、馬は行き先を迷って足を止めた。空は抜けるように碧く、春楡の木立からひばりが飛んでいく。馬が困ったようにヒイン、と鼻を鳴らした。

「……ごめんな。ヘルトライト家に行こうか」

馬に声をかけながらも、キユナの体は動かなかった。行きたくないのだ。馬丁と約束したが、行ってフレイとレオが一緒にいるところを見たくなかった。フレイは本当にレオを愛しているのだろうか？　そしてレオは、フレイをどう思っているのだろう。

（だけどレオ様より俺のことが好きなら……朝起きて、俺を置いてレオ様のところに行っ

たり、しないだろうな）

キユナは俯いた。鞍の上に置かれた自分の、黄色い肌の手が微《かす》かに震えている。情けなく、みじめだった。そして孤独だった。

（解薬を手に入れて、俺は本当に、フレイ様を忘れられるんだろうか……？）

その自信は、昨夜のうちになくなっていた。フレイの「愛している」が心地のいい嘘だと、自分は痛いほど知っている。フレイを好きでも、その言葉を信じてはいない。そして、この恋に幸せな終わりはない。

（フレイ様を都に連れ帰って許婚と結婚してもらうのが俺の仕事…だけどそれもできないし、自分の恋を叶えることも、できない……）

「俺はどうしたらいい…？」

今、どこに行くとも決められないのと同じように、キユナの心も迷っていた。さやさやと風が鳴るのを聞きながら、キユナはその場を動けずにいた。

六

馬が耳をそばだててそわそわしはじめたので、キユナは不審に思って鞍を下りた。見ると、草地を囲む雑木林の木陰に銀の狼が座っている。

「……クストーデ」

名を呼ぶと、クストーデは尾を一振り揺らした。近くにルバインのいる様子はない。一瞬襲われるのではと思ったがクストーデはじっとしており、馬が暴れないのを見ても殺気はないのだろう。キユナがまだそわそわしている馬を近くの木につないで近づくと、クストーデは眼を細めて立ち上がり、案内するように歩き出した。キユナはなんとなく、後をついていった。

森に入ると淡い木もれ日が落ち、緑の匂いが心地いい。どれほど歩いただろうか。やがて前方に視界が開け、小さな湖が顔を見せた。光沢のある深緑色の湖面に、樹影と空が映っている。鳥のさえずりがこだまし、枝を通って落ちる斜光の中、ルバインが湖畔に立ち尽くしていた。その足元には、小さな石碑がある。近づくと顔をあげたルバインに、キユナはそっと目礼した。

ルバインが見下ろしていた石碑は、碑文のない墓石だった。摘んだばかりの花が、石の上に置かれている。

「…私の、古い恋人の墓だよ」

言われた言葉に、キユナはどきりとして顔をあげた。

「古い恋人？　……恋人が、いらしたのですか？」

愛を知らない変人だと言われていたのに。ルバインは口許で笑い、おかしいかね？　と問い返してくる。失礼を口にしたと気づき、キユナは慌てて首を振った。

（恋愛に興味がないわけじゃ、ないじゃないか……）

「…病気で死んだんだ。私は彼女に、ひどい仕打ちをした」

ぽつりと呟くと、ルバインは胸に手をあてて祈る。キユナも、つられて眼を閉じた。風が淡く枝を揺らす、静かな午後だ。

祈り終えると、ルバインはクストーデと遊んでやるようだった。キユナは湖畔に腰かけ、クストーデがルバインにじゃれて犬のように無邪気《むじゃき》に転げ回るのを眺めた。

「キユナ、いいものを見せよう」

ルバインが言い、クストーデに己の腕を差し出した。

「クストーデ、噛め」

途端、クストーデが勢いよくルバインの差し出された腕へ噛みついたので、キユナはぎょっとして腰を浮かせた。ところがルバインの腕は無傷だった。

「甘噛みだよ。人には噛み付かないように教えている。噛め、と言うとこうして噛む」

ひとしきりクストーデと遊んだ後、ルバインはキユナの横に腰かけてきた。

（そういえば、俺はこの人と恋愛をしなければならないんだったな……）

それが賭けの条件だった。だが解薬をもらったところで効果があるのか自信のない今、キユナはどうしていいか分からなかった。

「ルバイン様はどうして、さっきのお墓の恋人とは、ご結婚なさらなかったんです……？」

なんとなく、キユナは訊いた。

「私が彼女と出会ったころ、父はまだ愛の迷い子だった。私自身、結婚も子どもの認知さえままならないような時だったから……」

ルバインの説明に納得がゆかず、キユナは眼をしばたいた。

「…なんの話ですか？　だって、ニキシオ卿もルバイン様もご長子ですよね？」

「知らないのかね。私の父は、ヘルトライトの正式な嫡男ではないよ。本来の長子で、領主だった父の兄が死んで、愛の迷い子だった父が繰り上がりで領主になったんだ。私やチェーザも最初は、認知されていない子どもだった」

「…ええ？」

聞いていない。キユナは眉を寄せた。そんな重大な背景を、フレイはなぜ知らせなかったのだろう。不安が、一気に頭を持ち上げる。

「ニキシオ・ヘルトライト卿は、それじゃ…元は愛の迷い子で、結婚も認知もできないのに、子どもを何人も持たれていたのですか？」

「そういうことになるな。私もチェーザも、レオも…みんな本来立場は同じ、愛人腹だ。私がたまたま一番上だったから、領主になったに過ぎんよ」

私はもともと領主の器ではないのだ、とルバインは呟いた。

「政治はカルロ叔父のほうが向いている。いや、そもそも本来なら領主は……」

それきり、ルバインは黙ってしまった。それにしてもニキシオは、最後の愛人シエナとの子どもも、当初は認知できないと分かっていて生ませたのか。キユナには分からなくなった。なぜそんなことをしたのだろう。考え込んでいると、ルバインはまるでキユナの心を見透かしたように小さく笑った。

「恋は人を愚かにするということだ。父は…ニキシオは、恋に狂って死んだのだから」

（それは……俺も、身をもって知っている）

今の自分も、相当愚かだろう。フレイ恋しさに解薬さえどうでもよくなっている。

「君とフレイ卿は、恋人同士なのかね？」

「まさか！」

突然訊かれ、キユナは思わず大声で答えた。寝そべっていたクストーデが、それに耳をそばだてる。キユナは大げさな自分の反応が恥ずかしくなり、顔を赤くした。

「……フレイ様は、俺のようなのは好みではなくて…」

キユナはレオの姿やウェナス、金髪の美女たちを瞼の裏に浮かべ、気持ちが沈んだ。

「俺は黒髪に黒い眼ですし、肌も黄色くて鼻も低くて…それに、可愛げのない冷たい性格だから……」

「嫌われていると？　先日見た様子では、彼は君に優しいようだったがな……」

キユナはまっ黒な長い睫毛を伏せる。

「あの人とは子どものころから一緒で……だからきっと俺を好きではなくても、それなりに優しくしてしまうんじゃないかと思います」

己の性器をキユナに挿れる際、フレイは迷っていた。十二年も知っているお前に、こんなことをしていいのかと。ベラの夜会でキユナがテラスへ逃げ込んだ時も、チェーザになにかひどいことを言われたのかと心配して追いかけてきてくれた。そのフレイの優しさは、多分子どものころから一緒だという情なのだ。キユナを好きだからではない。

どうして、初対面に近いルバインにこんな話をしているのだろう。キユナはつい苦笑した。けれど、ルバインはちっとも貴族らしくない。話しても平気なのではと思わされる、不思議な空気がある。

顔をあげると、ルバインがじっとキユナを見つめていた。穏やかで、静かな瞳だった。

彼は手を伸ばすと、小さな子どもにするようにキユナの頭を撫でた。

「勇気を出して、フレイ卿に自分の気持ちを告白しては？」

「…俺はべつにあの人のことなんて、なんとも……」

それ以上否定できずに、キユナは言葉を詰まらせた。ルバインの穏やかな瞳を見つめ返すと、いつも意地を張っているかたくなな心がどうしてか緩んでしまう。ノクシアに雰囲気が似ているからかもしれない。ため息をつき、キユナはたてた膝に顔を半分埋めた。

「……だめだと思います。俺は、フレイ様の兄君に、約束したんです。あの人が許婚と結婚できるよう、協力するって。それにあの人はレオ様が、好きかもしれない」

「レオを？　ふむ……」

思案するように、ルバインは顎を撫でた。

「分かるでしょう？　俺はあの人の好みとは真逆なんです……」

「フレイ卿は、君を愛さない？」

「愛しません。…愛してるって、口では言うこともあります…でも、嘘です」

「つまり、信じる気もないわけだね。彼の言葉を」

だってそうだろうと、キユナは内心で毒づいた
（言葉なんて、どうとでも重ねられる。愛してるなんて──言うだけなら、簡単だ）

実際、初めてキユナにその事実を突きつけたのは、フレイだった。

キユナの脳裏に、しんと雪の降る灰色の空が浮かぶ。心まで凍《い》てつかせそうな冬の日、自分を置き去りにした母の言葉をずっと信じて、エオトス家の門前で母を待ち続けていたキユナの愚かさを、フレイはなじった。母はキユナを愛していなかったのだと。

「気持ちには、素直になったほうがいい」

ルバインは骨張った手で、キユナの柔らかい髪を撫でた。その仕草があまりに自然で優しく、キユナはまるで子どものように、ルバインの手を受け入れていた。

「恋とはより多く愚かになることだ。だが愛とは、恐れを手放すことだ」

「恐れを手放す……？」

「愛には勇気が必要なのだよ……私も、己の立場を考えすぎて、古い恋人を失った。君も、愛することを恐れすぎないほうがいい」

キユナは顔をあげ、ルバインを見つめ返した。彼がどうやって恋人を失ったのか、知りたい気がする。だがその瞳の奥に底知れない悲しみを感じる。踏み込んではルバインを傷つける気がして、キユナは訊けなかった。

ルバインは右手の小指から、細い真鍮の指環を抜き取る。まるで当然のように、それをキユナの薬指へはめた。細いキユナの指にも、その指環は大きくはない。

「お守りだ。勇気を出せるように、君にあげよう」

指環には、薄く彫り物がされていた。日にかざすと、文字が見える。レアンテ。東を意味する古い言葉だ。

「可愛い子、お前は幸せにならなければ……」

ルバインはキュナの眼をじっと覗きこみ、呟いた。

ヘルトライト家には寄らずにエオトスの屋敷へ戻ったキュナは、門前に四頭だての立派な箱馬車が停まっているのを見て馬をおりた。玄関先にはレオが立っていた。

「キュナ、君が戻ってきてくれて良かった」

レオはキュナを見つけると、嬉しそうに近づいてきた。まっ白なレースをふんだんにあしらった上着を瀟洒《しょうしゃ》に着こなしたレオは、やはり絵の中から飛び出てきたように美しく、キュナはそのことに昨日まではなかった気後れを感じた。

「チェーザが昨日、君を家に呼んだって聞いて…なにか無礼をしなかった？　フレイはちっとも教えてくれないんだ」

親しげにフレイの名前を呼び、唇を尖らせるレオに、キュナの心にはさざ波が立つ。

「なにも…大丈夫です。レオ様も、今日はフレイ様に招かれてここへ？」

「さっきまで、彼が僕の家に来てくれてたんだけど…僕がポニーに上手《うま》く乗れなかったから、楽器演奏に変えようだって。優しいよね、フレイって。君も一緒にどう？」

小鳥がさえずるように可愛く笑うレオに、キユナは胸が塞《ふさ》いでいく気がした。フレイはリュートを奏で、報われぬ恋の歌をレオに聴かせるのだろうか。そんなものを見て平静でいられる自信はなく、キユナは首を横に振った。

「いえ、俺は…そういうことは得意じゃないので」

「いいじゃない。歌くらい歌えるでしょ？　……あれ？」

ふとレオが、キユナの右手をとって表情を変えた。ルバインからもらったばかりの指環に、レオの眉間が曇った。

「……兄様に会っていたの？」

「え？　ええ、森で偶然お会いして……」

みるみるレオの顔が青ざめていくのに、キユナは驚いて言葉をなくした。

「それで兄様がこれを君に？　そこまで親しくなったの？　僕にはくれなかった……兄様は、そんなに君のこと……やっぱり君は……」

レオの唇がわななき、その瞳に暗いものが宿った。

(この指環が、なんだって言うんだよ？)

レオがそこまで反応する理由が分からず、キユナは怖くなって思わず手をひいた。

「おお、ルバインがそれを君にやったというのか？　君のことが相当好きらしいな」

突然レオの肩に腕を回し、カルロが割って入ってきた。レオは呪縛が解けたようにハッとして、キユナの手を放す。その眼が恥じらうように、伏せられた。

「カ、カルロ卿もいらしてたんですか…？」

「ああ、楽の夕べを楽しもうとね。丁度良かったキユナ、君に頼みたいことがあったんだ。実は、春の祝祭で私はスカッキを催すんだが、君に私の駒になってほしいんだ。私はジョカトーレになるんだが、ペドーネが足りない」

スカッキは六十四マスの盤上で手持ちの駒を争わせ、相手の将駒をどちらが先に倒すかで競う遊戯だ。祝祭では人間を駒に見立て、広場などで大々的に行われる。ジョカトーレは選手、ペドーネは駒の中でも最前線に立つ歩兵駒のことだった。

「君は剣が使えるらしいね。さっきフレイ卿に訊いたんだ。お遊びだがちゃんと練習もある。なあ、頼めないか。レオ、お前からもお願いしてくれ」

熱っぽく言うカルロに急《せ》かされ、それまで黙り込んでいたレオが無理矢理というように笑顔を作った。

「……叔父様は、ペルジーノ一のスカッキ名人なんだよ。君に頼みたいって…ね、フレイ。キユナは剣が使えるって君も言ったよね」

いつのまにか、玄関口にはフレイが立っていた。なかなか上がってこないレオを案じて、屋敷から出て来たのだろう。

「ああ。体が小さい分、そこそこ技の使える、いい剣を振るう」

レオが後ろのフレイを振り返ると、フレイはレオに笑いかけて応えた。フレイが自分のことを、レオに同意する形で話すことに、キユナはなぜか嫌な気持ちがした。

「キユナ、出てやれ。レオもこうして頼んでいることだし」

フレイがキユナに念を押す。

（……レオ様が頼むからなんですか？　俺の意見は聞かないで…）

どす黒い嫉妬が、キユナの心に広がった。レオはふらふらと玄関のほうへ向かった。青ざめた顔を見咎《みとが》めたようにフレイが彼の体を支えると、レオは自然にフレイへ寄り添った。

「どうした、気分が悪くなったか？」

「風に当たり過ぎただけだよ……」

二人は先に建物の中へ入っていく。

「キユナ、考えてくれるね。先に行っているよ」

カルロはキユナの背を軽く叩き、玄関の中へ消えた。

やがて屋敷の奥からリュートの音色が聞こえ始めたが、キユナはまだその場を動けなかった。フレイはレオに自作の旋律を聴かせているのだろうか。報われぬ恋に身もだえる切ない歌を。

夕刻に向かい始めた春の風は底冷えしており、キユナは肌寒さに細い身を縮ませた。

その晩フレイはレオやカルロを夕食に招待したが、同席を求められたキユナは、やることがあると断って部屋に引っ込んだ。夕食など一緒に食べたくない。キユナはこれ以上レオに嫉妬をしたくなかった。

やがて日も落ち、レオとカルロは帰宅したが、キユナは部屋に閉じこもって机に便箋《びんせん》を広げ、ノクシアへの手紙を書きあぐねていた。

（間違って惚れ薬を飲んでしまいました…なんて、死んでも書けない）

八方塞がりの気持ちだった。ノクシアに泣きつけば解薬を送ってくれるだろうが、ノクシアはキユナを信頼して秘薬を預けてくれたのだ。それは最後の最後までやりたくない。キユナにも多少の意地があった。

「用事と言うからなにかと思えば、兄上にチクリ文書を書いていたのか。大した用事だ」

ノックもなくフレイが入室してきたので、キユナの心臓はどきりと高鳴った。眉を寄せて黙り込んでいると、フレイは呆れたように半眼になって小さくため息をつく。そのままキユナの硬い寝台へ腰を下ろした。

「お前……なにを怒ってるんだ？　夕食に誘っても出てこないから、レオがなにか失礼をしたのかと、帰る間際まで気にしていたぞ」

（どうして、レオ様の名前が出るんですか？）

キユナは腹が立った。自分の怒りが理不尽だとは分かっている。キユナが感じているのは、ただの嫉妬だった。それでも、フレイはレオが心を痛めることは気にしても、自分が夕食をともにすることで嫌な気持ちになることは気にならないのかと思うと、素直に謝る気になれない。

（どうせフレイ様は、俺のことなんかどうでもいいんだ）

フレイは、キユナが嫌な思いをしていることにさえ気づいていないはずだ。そう思うと、キユナは気持ちが沈んだ。本当は誰よりも気にかけてほしいと思っている、その淋しさが醜い嫉妬の源だった。そんな自分がみじめだった。後ろで、フレイが苛立《いらだ》ちまじりのため息をつく。

「スカッキには出てやれ。レオが、お前の剣技を見たいと言っていた」

「どうしてレオ様が俺の剣なんか……」

「せっかく剣を習ってるんだから、使えばいい。レオは体が弱くて、剣など振り回せないから、お前が羨ましいんだそうだよ。可愛いワガママじゃないか」

（どうせ俺は可愛くありません！）

フレイはやはりレオが好きなのだろうか。嫉妬で胸が悪くなりそうだ。

「フレイ様、もう十分でしょう？　解薬をください。城と庭なんて……今さら、フレイ様には必要ないでしょう……？」

　机についていた手をぐっと拳に握り締めて、しぼり出すようにキュナは言った。

「あって腐るものでもない」

「いいかげん、本当のことを言ってください。レオ様にあげるんですか！」

　抑えていた言葉が口をついて飛び出し、キュナは勢いよく背後のフレイを振り向いた。

「知っていたのか？」

　フレイは眼を瞠り、一瞬うろたえたように視線を泳がせた。

（本当に……レオ様にあげるためだったんだ…）

　キュナの小さな胸を落胆が襲ってきた。どこかで、そんなことはないと信じたかった。

　やっぱりフレイは、レオのために自分の恋心を利用していたのか——？

「…もうずっと以前から、あの城と庭をレオが欲しがってるんだ。それはもう、ひどく思いつめている。俺は、友人として少しでも力になってやろうかと」

「友人？　……愛人の間違いでしょう」

　声に出すのは、勇気が必要だった。そうだと肯定されたら、ずたぼろに傷つく。けれど今は真実を知りたい。フレイは困ったように眉をひそめ、寝台から腰を浮かせた。

「それは、確かにあいつと寝たこともあるがな。だが最近は……」

　やはり、二人は恋人同士だった。知れた事実が苦しく、思わずかっとなって、キュナは丸めた便箋をフレイに向かって投げつけていた。

「なにをするんだ！」

「あなたは最低です！　俺が薬を飲んだのをこれ幸いに、利用してたんだ。ルバイン様は黒髪の人間に城をやると思ったんでしょう、最後の子どもが東方の血をひいているから！」

「ちょうどいいじゃないか、お前の容姿は役立つし、解薬だって欲しいんだろ？　レオは欲しかった城と庭を手に入れられる。お前も時には恋愛くらいしたほうが丸くなる……」

信じられない。キユナは呆気にとられ、その場に崩れ落ちそうになった。

（フレイ様は……その間俺がどんな気持ちになるのか、考えなかったのか…？）

フレイは本当に報われぬ恋を、したことがないのだとキユナは思った。

ああ、フレイの愛は、なんて薄っぺらな愛だ。寝台の中ではキユナの黒髪黒眼を美しいと慰めても、寝台の外ではレオへの贈り物を手に入れるための、道具にしかならないのだ。

（俺の容姿が役立つ…って、それだけ？　あれだけ好きだって言ってくれたのに）

「キユナ、本当にどうしたんだ？　そんなふうに癇癪《かんしゃく》をおこすなんて…」

フレイが心配そうに眉間を曇らせ、キユナの頬に手を添えてきた。フレイの眼にはキユナを案じる色がある。その大きな手は優しく、声も甘い。そうだ、昨夜もこうだった。

「昨夜のことをお前は……後悔しているのか？」

フレイの瞳が不安げに揺れる。まるで愛されているような錯覚が、一瞬キユナの脳裏をよぎった。どうしてこれを愛だと、昨夜は信じてしまったのか。

キユナは鼻の奥がつんと痺れるのを感じた。再び流されてまた傷つくのが怖くて、フレイの厚い胸を突き飛ばす。不意打ちを食らい、フレイはよろめいた。

「もう二度と触らないでください」

フレイが一瞬驚いたように眼を丸め、次の瞬間形のいい亜麻色の眉をつりあげた。

「お前は昨夜、俺を望んでいただろう？」

「正気じゃなかっただけです、いくら惚れ薬を飲んでいたって、フレイ様にほだされるなんて…あれはなかったことにしてください」

「それはこっちの言葉だ。昨夜は可愛いと思ったが、間違いだったな」

フレイが足音をたてて乱暴に近づいてきたので、キユナは一瞬恐怖を感じて後ずさる。

「お前はどこをどうしても、冷たくて！」

押し迫ったフレイが、人差し指でキユナの薄い胸を指す。

「可愛げのない！　生意気な！　ガキだ！　いつからそうなったんだ？」

『……俺はお前の黒髪が好きだよ。黒い瞳が。肌が、お前のすべてが、好きだよ』

昨夜囁いてくれたフレイの記憶が、フレイの声で塗り替えられていくのをキユナは感じた。血の気が失せて全身が冷たくなり、ただでさえ薄い自分の体がさらに細る気がした。

「スカッキには出ろ、ルバインも落とせ。命令だ。降りるならエオトスから解雇する。兄上に告げ口したいならしろ。お前の、その意地の強い性格でできるなら、だがな」

ふんと鼻でせせら嗤い、フレイは出て行きかけた。不意にキユナの右手をとり、乱暴に引っ張る。フレイは右手薬指にはめられた、ルバインからもらった指環を見ていた。

「俺に抱かれて、男にどう尻を振ればいいかは覚えたんだろ？　ルバインも寝台に誘いこめよ。ヤツのあれを尻にくわえて、おねだりしてみろ。城と庭をくださいとな」

辱められ、キユナはさっと赤くなった。フレイの瞳には苛立ちと、焦れるような表情がある。その口許には冷たい笑みを浮かべていた。

「俺が嫌いなのに、俺に惚れているなんてかわいそうに。頼めばいつでも相手にしてやるから、おいで」

「誰が！」

フレイが出て行った後、キユナは閉まった扉に腹立ちまぎれに便箋を投げた。だがすぐに、へなへなとその場に座り込んだ。俯くと、薄い唇が震えた。

（…俺を抱いて、後悔してるのは、フレイ様のほうでしょ……）

キユナは声を殺し、すすり泣いた。

七

翌日、キユナはカルロの持ち家を訪ねた。カルロの城はチェーザの城の北側にあり、古城を改築した美しい煉瓦張りの城である。城内は長窓が多く、南からの陽光をめいっぱいに取り込む明るい造りだ。今日から祝祭までの数日、カルロの城で人間スカッキの練習があるという。

「キユナ、来てくれたんだね。だめかと思ってたよ」

城へ入るとレオが両手を広げ、こぼれるような満面の笑みでキユナを歓迎した。レオはまだ時間があるからと、自ら立ってキユナを城の中へ案内した。キユナはカルロのスカッキに歩兵駒として出場することになり、憂鬱だった。

（本当はレオ様と、もう顔を合わせたくない……）

その美しさや優しげな物腰に接する度に、キユナは苦しくなった。レオのようにはなれないという落ち込み。羨望《せんぼう》まじりの嫉妬。レオを見ると自己嫌悪でいっぱいになり、眼を合わせることにも気後れした。だがレオはそんなキユナの態度を不思議に思うこともないのか、いつもどおり朗らかだった。

「屋上に出よう。広場が見渡せるから、スカッキエーラがどんなものか分かるよ」

スカッキエーラはスカッキ盤のことだ。階段をのぼって屋上へ出ると、四方八方が一望できる。城の前庭を指差し、レオがスカッキエーラだと説明した。

そこは大きな広場で、石段の観客席がぐるりを囲み、色の違う石をそれぞれ滑らかに研いで市松模様に組み合わせ、六十四マスのスカッキエーラにしている。両端には立派なやぐらがあり、そこに選手のジョカトーレが座ることになっているようだ。

「当日は、市民なら誰でも見に来られるんだよ。特に盛りあがる競技の一つなんだ」

レオはペルジーノの祝祭では、あちこちで大きな見せ物や競技が開催され、夜には仮装行列が市中を練り歩くのだと説明した。

「もっともどれも主催はカルロ叔父様。兄様はお祭りなんて興味がないんだ。でも、チェーザのお城でも射撃比べをやるし、僕も君みたいに丈夫ならなにかに出てみたいくらい」

レオは羨ましげに、ため息をついた。

「レオ様はなにも出し物に出られないのですか？」

「僕は体がついていかないから…いつも見てるだけ」

そっと笑い、レオは北側の手すりへキユナを案内した。北は森に囲まれ、城のすぐ下を川が通って横断している。庭と森の境に流れている川だろう。川沿いに並ぶヘルトライトの城館郡も見え、一番近いものがチェーザの城でその奥が主館。主館の屋根に隠れてわずかに見えるのは、ベラの別邸だ。そこまではキュナも知っていたが、その奥にうっすらと見える塔には、見覚えがなかった。

「あれが、父様が最後の愛人のために作った、城だよ」

レオに言われ、キュナは手すりから身を乗り出した。他の城に比べるとずっと小さい。

「……城というより、あれはただの塔なんだ。それも窓は天辺にしかない、陰気な……」

「天辺にしか窓がない塔？」

「狂気だよね」

レオの眼に、ふと薄暗い光が灯った。レオは小さく嗤った。

「父様は…ニキシオは、最後の愛人を連れ戻したら、あの塔に閉じこめる気でいたんだ。塔のまわりだけ美しい花で囲って…もう二度と逃げられないように」

レオの声が、まるで独りごちるように小さくなる。話の陰惨さに、キュナは息をのんだ。

「ね、キュナ。その指環って、兄様の大切な人の思い出がこもってるんだよ」

首を傾げ、レオがキュナを覗き込んできた。右手の薬指にはめられた、ルバインからの預かりもの。キュナは思わずその上に、指を重ねた。

「……亡くなった、古い恋人の？」

「そんな話も聞いたんだ。ほんとに、兄様は君が好きなんだね……」

淋しげに呟いた後、気持ちを切り替えるようにレオはにっこりと笑った。

「君のご両親てどんな方だったの？　東方人だったのは、お母様のほうでしょう？」

「…あまりよく覚えていなくて」

しどろもどろにキユナは答えた。今は素性を偽っているので、両親について訊かれたらこう答えろというのは、前もってフレイに言われている。

「父も小さなころからいなくて、母の……顔も名前もほとんど覚えていないんです。だから、ノクシア様が後見人になってくださって」

「ふうん…そう、それじゃ、僕と似てるね」

手すりに腕をもたれさせて、レオは長年閉ざされている塔のほうへ視線を向けた。

「僕の母も死んだんだ。僕が五つの時に。自殺だった」

「え…」

思いがけない言葉に、喉が詰まる。

「……父様は晩年になるにつれてだんだん狂っていって…母様に乱暴するようになった。…苦にした母様は、ある日城の天辺から身を投げて死んだんだよ」

キユナはかける言葉を失い、小さな口の中で息を飲み込んだ。レオの口調はいっそ淡々としているが、あまりにも陰惨な過去だ。泣き叫ぶ女の声や殴打する音、カーテンの影で震える小さなレオを見た気がして、キユナは手すりに掴まる手を握り締めた。

「それからはずっとルバイン兄様が、僕の父親だった…。ね、僕らなんとなく似てるよね」

「そう、ですね」

キユナにとっても、ノクシアがずっと父親がわりだった。今でこそ主従の関係だが、もっと小さなころはフレイとも兄弟のようだった。嵐の夜には、二人してノクシアの大きな寝台に潜りこんだこともある。ノクシアの妻も大らかな優しい気性で、自分が子どもを身ごもっても、キユナとフレイをわが子のように可愛がってくれた。

（あのころはフレイ様に恋するなんて、考えつきもしなかったな……）

「……でも少しだけ分かるんだ。父様の気持ち……」

ふと小さな声で、レオが呟いた。遠い塔の先端をじっと見つめるレオは、表情の削げ落ちた青白い顔をしていた。

「僕だって…好きな人に愛されなかったら、閉じこめたり殺したりするほど、狂ってしまいそうだから…」

レオの真意が分からず、キユナはすぐそばに立っている彼を突然遠くに感じた。

（レオ様があの城と庭が欲しいのは…どうしてなんだろう……？）

その時レオ様、と声がかかってキユナは振り向いた。屋上の入り口に従者が立ってスカッキの練習が始まると告げてくる。今行くよ、と返事をしたレオは、もういつもの穏やかな笑みを浮かべていた。

広場にはすでに駒役の人間が大勢集まっており、それぞれ用意された衣服に着替えていた。キユナも歩兵駒用の衣装を着込む。カルロの駒を担う者は青色を基調にした衣装で統一され、相手方は赤だ。ペドーネ以外にも女王や僧侶の駒役をする者がいたが、彼らの衣装はより豪華で王駒は青馬に、女王駒は白馬、戦士は葦毛の軍馬に跨《またが》っている。

「似合ってるよ、キユナ。頑張ってね」

レオがペドーネの持つ長剣を持ってきてくれる。ジョカトーレのカルロがやぐらの上にあがり、諸君と声を張りあげた。

「最初に説明した位置についてくれたまえ。それからみな、それぞれの獲物は持っているかな？　安心してほしい、どれも演戯用の武具で、刃は作りもの。怪我《けが》をすることはない」

レオからもらった剣を構えながら、キユナは作り物にしては重い剣だと思った。従者の仕事には主人の護衛もある。キユナも一通り剣を使えるとはいえ、普段は体に合わせて軽い細剣ばかりを持っている。この剣はそれよりもいくらか手にずしりとくる。

一方のやぐらにもカルロと別のジョカトーレがのぼり、カルロの演説はしばし続いた。キユナは決められた立ち位置につく。それぞれ整列すると、盤上には緊張が漲った。戦の始まりのように、従者が大きく貝を吹く。それがスカッキの始まりである。

「ペドーネ2、前進！」

駒の衣装にはそれぞれ番号がふられており、ジョカトーレの命令によって進む。陣地の起点から離れるとジョカトーレの声も届きにくくなるので、自軍の命令は相手方のやぐらの上に板書によってすぐ表示される仕組みになっており、見せ物としては面白い。

「ペドーネ8、前進！」

キユナは8番目のペドーネだった。眼の前にまっすぐ剣を構えた姿勢で、一歩前へ踏み出す。対面した駒同士はそこで攻撃を演じる。遊びなので決められた形式を演じるに過ぎず、倒された駒は膝をついて頭を垂れ、スカッキエーラに響く審判の「退場！」の声を合図に盤を去る仕組みになっていた。

ふと観覧席を見ると、見学に来たフレイがレオの隣に腰を下ろすところだった。二人が笑顔を交わし、レオがキユナを指差したところで、キユナは二人を視界から追い出した。やりきれない切なさで、気持ちが落ち込んでいくのを感じた。

競技が進行し、キユナは相手方のペドーネと一騎打ちになった。残念ながら攻撃は向こうの番である。しかし、やられる側も防衛を演じることが必要だ。相手ペドーネは大柄な男だった。演戯用の剣が大きく振り下ろされ、己の剣でそれを防いだ矢先、キユナの直感がざわめいた。相手の片手に、小ぶりのナイフが握られている——。刃が陽光を反射して、ぎらりと輝く。

（飾りの剣じゃない！　本物だ！）

次の瞬間、キユナの体は反射的に動いていた。男の剣を払いのけると、己の刃を斜め下から上に向かって薙《な》ぐ。演戯用の剣だから、衝撃で相手の体を倒すだけのつもりだった。だからこそなんの疑いもなく思いきり薙いだ。だが刃が一閃した後、キユナは顔に生温かいものを感じた。目の前が赤くなる。まっ赤な鮮血が、飛沫をあげて相手の胸から放たれたのだ。

キユナの頭の中は、まっ白になった。倒れた男から血があふれ、スカッキエーラの盤石を赤く染める。一瞬遅れて観覧席から悲鳴があがった。

「救護を呼べ！　急いで！」

誰かが怒鳴り、それから続いて声が聞こえた。

「そのペドーネを取り押さえろ！　練習にかこつけた殺人だぞ！」

眼の前が眩《くら》み、キユナはよろめいた。顔にかかった血が、頬を伝って細い顎を垂れてくる。柄を持つ手が恐怖と驚きで、ぶるぶると震えていた。観覧席を見ると、フレイは瞠目し、青ざめた顔でキユナを見つめていた。

「知りません……俺は、相手が短剣を持ってたから……！」

取り押さえられたキユナは、カルロの城の中、手狭な一室へ連れて行かれ尋問を受けていた。ペルジーノの都市連隊長らしき人物が部屋を訪れ、フレイやレオ、カルロも同席している。

「斬られたヤツな、一命はとりとめたそうだぞ。出血は多かったが、傷は浅かったらしい」

遅れて入室してきたのはチェーザだった。カルロが甥をねぎらい、困惑気味に訊いた。

「倒れたペドーネは、短剣を持っていたかね？　キユナは、襲われたから咄嗟《とっさ》に防衛したと言うんだが…」

「短剣？　さあ。持っていなかったが、スカッキエーラには落ちてませんでしたか？」

小さな顔をまっ青にして、レオが首を横に振った。

「ずっと探してるけど……見つからないんだ」

「本当に探しているんですか⁉」

自分の言ったことが虚言だと思われている気がして、キユナは小さな体いっぱいに怒鳴った。連隊長の眉間の皺が濃くなり、怒鳴られたレオは萎縮《いしゅく》したように首を振った。

「キユナ、本当に探してるんだよ。君を疑いたくないし……」

「キユナ、落ち着け。誰かが先回りして隠したかもしれない」

進み出てきたフレイが、キユナの薄く震える肩に手を置いた。その落ち着いた口調に、キユナは腹が立った。フレイも自分を疑っているのではないのか。疑惑が頭の中に次々と浮かび、心の中は嵐のようだ。冷たい汗が背中にあふれ、心臓は激しく鳴り続けている。まっ赤な血飛沫が、拭っても拭っても顔にかかっているような気がした。剣を習って十年以上経つが、当然人を殺したことなどなかった。あと少しで名も知らぬ誰かを殺していたかもしれないと思うと、キユナは足が震えるほどの恐怖を感じた。

「俺は、自分の持っているものが真剣だなんて、知らなかった。演戯用の剣だと思って…」

「だが剣はすべて一度確認してから、衣装と一緒に用意しておいたはずだ。君は、どこからあの剣を持ってきたんだね？」

カルロに訊かれ、キユナは一瞬迷った。だが、嘘をつく必要はない。背後にいるフレイの気配を気にしながら、

「レオ様から受け取りました」

正直に答えた。途端、室内の視線が一斉にレオへ集まる。小作りの美しい顔を土気色にして、レオは小刻みに頭を振った。

「僕も…僕も知らなかったんです。本当だ。…ただ親切で、ペドーネの使う剣の一つを選んで、キユナに渡しただけです……」

チェーザが、ひゅうっと口笛を吹いた。

「やるなあレオ。お前、そんな巧妙なしかけができる男だったのか？」

「馬鹿を言うなよ、チェーザ。自分の弟を疑うなど。レオはそんな性分じゃない」

いの一番にチェーザを諫《いさ》めたフレイに、レオがわっと泣きだして抱きつく。フレイはレオを労って頭を撫でている。それを見て、キユナは絶望に胸を切り裂かれた。

（どうして……？）

今ここで疑いをかけられ、恐怖でいっぱいになっているキユナを放って、なぜフレイはレオなんかを慰めるのだろう。キユナはひとりぼっちで震えているのに。

（フレイ様は……俺よりレオ様のほうが、心配なんですか…？）

この部屋に、自分の味方は一人もいない。心が、鉄のように冷えて固まっていく。

「……とりあえず、短剣の捜索は続けてくれるかね、連隊長。私は自分の甥も大事な客人も疑ってはいない。多分、他の誰かだろう…意図は分からないが」

カルロがため息をついて言い、チェーザが肩をすくめる。

「叔父上、まとめるのはいいがさ、レオとキユナに嫌疑がかかっている以上、どうするつもりだよ？」

「ふむ…フレイ卿、こうした嫌疑のある以上はキユナをしばらくヘルトライト家の監視下に置きたいのだが。許可はもらえるかね」

「分かりました。仕方ないでしょうね」

キユナは耳を疑った。自分はやっていない。それなのにフレイは正面から庇ってくれるわけでもなく、キユナの身柄をヘルトライト家に預けるつもりだ。キユナは思わず立ち上がった。

「俺はなにもしてないんです！　なのにどうして犯罪者のような扱いを受けるんですか⁉」

「キユナ、誰もお前が犯人だとは言っていないだろう。疑いが晴れるまでの間…」

「じゃあレオ様も、俺と一緒に牢につながれるんですか⁉」

フレイの腕の中で、泣いているレオがびくっと震えた。

「カルロ卿、しかし、レオに過酷な条件は無理でしょう。体が弱いのですから…」

「ふむ……レオには自宅に数日謹慎してもらおう、それでいいね、レオ」

キユナは愕然として、カルロに進言したフレイを見つめた。薄い肩から力が脱け、キユナはよろよろと頼りなく椅子に座った。

（フレイ様は…俺は体が弱くないから、牢につながれてもいいって思ってるんですか…？）

そうじゃない。キユナが可愛げのない性格をしていて、東方人の容姿だからフレイは牢に放り込まれても平気なのではないか？

（だってフレイ様、一言も、俺じゃないって…言ってくれない……）

「しかし、キユナも私の友人だ。手荒なことはできない。もし仮にだが、ペルジーノ連隊の人間を数人つけて、ほとぼりが冷めるまでコンセに帰ってもらうことができるなら……とはいえ、ルバインに決定を仰いでからになるが」

「それでいいのなら、明日にでも発てます」

フレイは泣いているレオをそっと離して、チェーザに預けた。チェーザは舌打ちしながら、弟を腕に抱える。フレイが一歩自分に近寄った時、キユナは身を強ばらせた。

「キユナ、とりあえず家に戻ろう。嫌疑が晴れるまでは、そこで俺とおとなしくするんだ」

そっと手を差し出してきたフレイの顔を、見る。

(誰だろう、この人)

キユナには突然フレイが、知らない人間に思えた。ついさっきまであると信じていたフレイの情が、今ではとても冷たいものに感じる。フレイは、キユナが今どんな気持ちでも、どうでもいいのではないか。急にフレイが怖くなり、キユナは力なく首を横に振った。

「…俺、あなたとは、帰りません」

フレイの眉が、怪訝そうに寄る。息苦しくて、キユナは俯いた。

「なにを言ってるんだ。お前、他に戻るところなどないだろうが」

「じゃあ、牢屋に入ります。そこでいい」

「馬鹿を言うなよ。誰がそんなところに入っていろと言ったんだ！」

フレイは怒鳴ったが、キユナは譲らなかった。言い争い始めた二人の間に、まあまあと言ってチェーザが入ってくる。

「じゃ、キユナは俺が預かるよ。それで問題なし。お前はレオを心配したらどうだ」

チェーザは面白がる様子で、キユナの細腰をぐっと抱き寄せてきた。チェーザの胸に抱きこまれても、キユナは跳ね除けなかった。もう限界だったのだ。足は震えていたし、立っているのも精一杯だった。

「…ふざけるなよ、チェーザ。キユナはお前にはやらない」

眉をつりあげたフレイを、チェーザがせせら嗤った。

「キユナ。俺のところに来るだろ」

頭の上で、チェーザが決めつけてくる。フレイのそばでなければ、もうどこだっていい。好きな人に、好かれていない。そう思い知らされる場所でないなら、どこだっていい。キユナが弱くうなずいた途端、フレイの顔色が変わった。

「キユナ！　お前、ちょっと来い！」

突然フレイに腕を掴まれ、乱暴に部屋の隅へ引きずられた。

「お前、あんな危ない男についていくのか。また襲われるぞ」

フレイは小声で怒鳴った。顔を覗かれ、キユナは思いきり眼を逸らした。フレイを見ると、まだ嫌悪よりもときめきがわくのだ。それが辛かった。

「……離してください。俺は、チェーザ様の家に行きます」

「駄々をこねず、一緒にコンセに帰ろう。お前の大好きな兄上にも会える。いい子だから」

フレイは子どもをあやすような猫なで声になり、ますます身を屈《かが》めてくる。

「昨夜の喧嘩で腹をたてたなら、謝るから。もうひどいことは言わないと誓うよ」

キユナは力なく小さな声で、笑った。おかしい。フレイはまだ、なにか誓うと言う。その誓いは最初から破るためにあるのだ。彼の言葉はどれも嘘で、そして自分は愚かにもその嘘に期待してしまう。けして信じることなどできないのに。

フレイが悪いわけじゃない。フレイの性格は愛の迷い子なら普通だ。けれど自分はだめだ。彼を本当に好きだから、ただ傷ついていく。

「帰りません。あなたとは。あなたのことが、信頼できない」

一瞬、フレイが息をのむのが分かった。その顔が、みるまに怒りに染められていく。

「本気なのか？　エオトスから、解雇されてもいいんだな？」

「……好きに」

してくださいと続けた声は、弱すぎて言葉にならなかった。舌打ちしたフレイが身を離し、怒った足取りで部屋を出て行く。自分が愚かなのは分かっていた。よく考えもせずに解雇してもいいなどと、ノクシアに合わせる顔がない――。

フレイが扉を閉める。張りつめていた気持ちが挫かれ、キユナは床にへたりこんだ。

八

その朝、コンセの都には雪が降っていた。葉が落ちて裸になった木々の枝をぬけ、粉雪は小さな羽虫のようにひらめいている。

キユナの手足はかじかんで痛かった。吐く息は白く、鼻の頭と頬の高いところは冷気にさらされて凍った。エオトス家の門前には街路樹の連なる大きな道が広がり、それがゆっくりと蛇行して灰色の市街地へのみ込まれていく。

キユナがエオトス家に引き取られてから、三年が経っていた。三年の間、雪が降ればキユナはエオトス家の門扉の外に佇《たたず》んだ。母が帰ってくる気がするのだ。帰ってくると、母は約束したのだから。

(母さんが帰ってきたら、俺だってもう働けるって言える…)

キユナは読み書きを覚え、剣の練習も始めた。厨房の仕事は、今のところイモを洗うことやニンニクの皮をむくことくらいだが、それも上手になった。貧しい母の暮らしも助けてあげられる。けれど三年経っても、母は一向に帰ってこない。

くしゃみが出始めると、門扉が開いて門兵が困ったように顔を出した。

「キユナ、フレイ様があちこち探してたぞ。そんなに体を冷やしちゃだめじゃないか」

「今日はお休みしてもいいって言われてるよ」

「それは冬の祝祭が始まるからだよ。さあ、早く戻りなさい」

門の中に入れられると、キユナはむっと口を閉じた。屋敷の奥から、フレイが駆けて来るのが見えたのだ。いつも意地悪なフレイが、毛布を持って怒った顔をしている。

「お前、また門の外にいたのか？　馬鹿じゃないのか」

フレイはぷんぷんして、キユナの体を乱暴に毛布で包んだ。十二歳のフレイはもう大人並みに体が大きかった。けれど言葉や素振りは三年前から変わらず意地が悪い。

「お前の母親はもう戻ってこないって、何度も言ったろ」

フレイが言うと、門兵が「ぼっちゃま…」とうろたえた声をかけた。だがフレイは鼻息荒く断定した。

「もう待つなよ。命令だ」

キユナはフレイを嫌いだと思った。どうしてそんな嘘を言うんだろう。

「お母さんは戻ってくるから待っててって言ったんだよ。だから俺、待ってるんだよ。フレイのいうことなんか知らないもん」

毛布を押しのけて門の向こうへ戻ろうとしたキユナを、フレイが一回り以上大きな体で抑えてくる。毛布でぐるぐるに巻かれたうえ、ぎゅうっと抱きあげられてキユナは宙に浮かび、幼い足をばたつかせた。

「お前はうちで暮らしてるのに、なんでそんな女を待つんだ。待たなくていいんだ！」

フレイなんか大嫌いだ。怒られると悲しくて、キユナはぼろぼろと涙をこぼした。

「フレイの嘘つき。俺とお母さんを会わせないで、意地悪するつもりなんだ」

「なんだよ、お前の母親のほうが嘘つきだろ」

フレイはいじけた。

「いつまでも待つな、お前を捨てた母親なんか。その女は、お前を愛してなんかいなかったんだ、きっと」

愛してなんかいなかった——。

弾かれたように、キユナは泣き出した。

「泣くなよ。俺はただ、今は俺たちと暮らしてるんだから、俺がお前を……」

泣きわめくキユナを無理矢理連れて行きながら、フレイはなにか言っていた。屋敷に戻るとキユナの泣き声を聞きつけたノクシアが、大きな体をのっそりと玄関に見せて、毛布ごと抱きしめてくれた。

「おお、かわいそうに。どうして泣いているんだね、私の黒髪のおちびさんは…」

「だってノクシア様、フレイが意地悪を言うんだよ」

「告げ口するなよ！　お前が悪いんだろ！」

フレイに後頭部をはたかれて、キユナはますます泣いた。ノクシアが困ったようにフレイをたしなめ、キユナの背をさすった。

「……意地悪なフレイだな。だけどお前が風邪をひかないか、心配してずっと走り回っていたんだよ、おちびさん」

「もう知るもんか。キユナみたいな間抜けは、風邪ひいて寝込んで死んじまえばいいんだ、そしたらお前の大好きなお母さんにも……」

フレイ、とノクシアに怒鳴られて、フレイはぷんぷんしたまま屋敷の奥へ駆けていった。

「さあもう泣くのはおよし、今日は冬の祝祭だ。お前にも贈り物をしよう、涙を拭いたらにっこり笑って、私の大好きな笑顔を見せてくれるね……」

温かなノクシアの声が、子守唄のように響いた。泣き疲れたキユナはその大きな腕の中でうとうとしていた。

（……ここが一番好き。お母さんの腕の中の次に、ノクシア様の腕の中が一番……）

だがキユナは幼くても知っていた。ノクシアは自分を拾いあげ、優しくしてはくれても、キユナの父でもなければ兄でもない。キユナの家族は、本当はもういないのだ。

（ノクシア様、フレイが言ったのは本当なんだよね……？　もうお母さんは、戻ってこないんだよね？　……俺を愛してなかったんだよね？）

眠り始めたキユナの頬を残りの涙が伝った。ノクシアの妻が奥の部屋から出てきて、大人二人がキユナの頭上で会話をする。

「……かわいそうに、こんなに泣いて。あなた、本当のことを教えてあげては？」

ノクシアの優しい妻が、胸を痛めた声で言っている。

「時期ではないだろう…もう少し、分別がついてから……。ヘルトライト家も、ニキシオ卿が死んだばかりのあの状態ではな…」

なんの話をしているのだろうとキユナは思ったが、大人たちの声は遠ざかった。ノクシアに抱かれたまま、キユナは温かな眠りに包まれた。

晴天が続いていたペルジーノに、その日は朝から珍しく小雨が降った。昼頃にはやんだが、空はまだ曇ったまま、じくじくと湿った気持ちの悪い天候だった。

昨夜のうちにチェーザの城に連れてこられたキユナは、城館の南側の客室を与えられ、その日はそこで眼を覚ました。チェーザは朝から外出しており、キユナは午後、ルバインの来訪を受けた。チェーザの家の応接間で面したルバインは、いつもの外套を着込み、相変わらず髪も乱れたままだった。

「……妙なことに巻き込んだようで、すまなかったな。報告を受けたのが昨夜の夜更けで、来るのが今日になってしまったが…」

向かい合わせに座すと、ルバインは開口一番頭を下げた。キュナは驚いた。事情を細かく訊かれるか、あるいは本当にやっていないのかと確認されることはあっても、謝られるとは考えてもいなかった。

「ルバイン様に謝っていただくことじゃ…あの、頭をあげてください」

「私の領地で起こったことだ。君はまだ若い。それなのに、こんなことは辛かったろう…」

(辛い?)

キユナはどきりとした。穏やかなルバインの瞳がじっと自分に注がれている。そう、辛かった……けれどそんなふうに労《いたわ》ってもらえるとは、思っていなかった。

「どうしたね? どこか痛いかね」

自分はよほど妙な顔をしていたのだろうか。ルバインに優しく問われ、細い首を横に振る。ノクシアの顔が、ちらりと脳裏をよぎった。子どものころノクシアが無償に与えてくれた優しさと同じものをルバインに感じ、懐かしさで虚勢が挫かれていく。

「ルバイン様は……俺が犯人だと、疑わないんですか?」

「君を? 冷静に考えて、君がなんらかの理由で殺人を企てたにしても、ああいう方法をとるのは利口でないことくらい分かるだろう……いや、そもそも、君はそんなことはしない。私はそう思っているが…」

キユナの心臓が、とくりと高鳴った。

「君はそんなことはしない」、そう言われて嬉しい。そしてどうしてフレイはそう言ってくれなかったのかと、フレイにこそ言われたかったという気持ちが、再び蘇る。

「フレイ卿のところに戻らないのかね？　チェーザは、やがて君を困らせるだろう…」

キユナもそう思っていた。チェーザはキユナがフレイより自分を選んだことが愉快でたまらないらしい。今はそれだけで満足しているが、飽きればどうキユナを利用するか、知れたものではない。

（でも……フレイ様に解雇されたら、行くあてなんてどこにもないし…）

「キユナ、もし…だが、フレイ卿のもとに戻らぬなら、私の家に来るかね？」

ルバインの申し出に、キユナは思わず眼を瞠った。

「カルロ叔父や連隊長には私から話しておけばいい。返事は、今すぐとは言わない」

「そんな…ご迷惑はおかけできません。それに……犯行の確証がなければ謹慎は近いうちに解かれるようですから、あと少しの辛抱ですし……」

だが謹慎が解かれた後のことは、まだ考えていなかった。コンセに戻って、ノクシアにフレイとのことを報告し正式に解雇してもらうしかないのか。

その悩みを読んだように、ルバインが数日のことではなく、とつけたした。

「コンセに戻るつもりがないなら…一緒に暮らそうという話だ。君が望むなら、だが」

「え……」

今度こそ、キユナは驚いた。一緒に暮らす？

「でもそんな…不自然です…」

「私は君が好きだから、そうしたいと思っただけだ」

キユナは言葉を失い、大きな眼を丸めてルバインを見つめた。好き、という言葉をルバインはてらいもなく使った。

「君にはなにか……してあげたいと思う」

ルバインの瞳は深い愛情に満ちて見え、ささくれだち、傷だらけになったキユナの心さえ包み込むような温かさがある。キユナは細い喉で、こくりと息をのんだ。

「なんでもいい、君が幸せになれるように私にできることがあるなら。そうすれば…失われた時間を取り戻せたような気持ちに、なれるんだ。私は……」


キユナがチェーザの城に閉じこめられてから、三日が過ぎた。春の祝祭も明日に迫ったその日、キユナはうららかに晴れた庭のテラスで椅子に座り、一人ぼんやりしていた。

三日前、ルバインがキユナを訪れたと知ったチェーザはさんざん面白がっていた。

「どうやら、兄上は本当にお前に恋をしてるらしい。フレイにも教えてやるかな」

騒ぎ立てるチェーザがうっとうしく、キユナはその話を聞き流した。

『一緒に暮らそう』

ルバインにはそう言われた。だがキユナは、その誘いは断るつもりだった。所詮キユナは貴族子息ではなく、今の状況は彼を騙していることになる。それなのにあてにするのは、あまりにも図々しい。正式にエオトス家からの解雇が決まればルバインにだけはすべて打ち明けて謝り、ペルジーノは発つべきだろう。その後のことは、キユナには分からなかった。コンセに戻ってノクシアへ謝りたいが、フレイに解雇されたら、合わせる顔がない気もした。

（でも…ルバイン様が好きだと言ってくれたことは、嬉しかったな……）

劣等感でいっぱいになり、心がつぶれてしまったような今、好きだと言う一言はそれだけでキユナを救ってくれる。母に裏切られてからずっと、愛などというあやふやなものにすがって生きるのは愚かだと、恋愛にふけるフレイを馬鹿にしてきた自分が、誰かの愛情で救われることがキユナは切なかった。

フレイに恋をして、自分は愚かになった。弱くなった。もうフレイを信じることは二度とないし、愛されようと期待することも二度とない。それなのに、まだどこかでフレイに愛して欲しいと思っている。なぜ愛を請う気持ちは消えないのか。自分は愛されていないと諦めたはずなのに、今、フレイがレオの元にいるかもしれない…と思っただけで、嫉妬と悲しみで胸が塞ぐのは、どうしてなのか。

（この恋を捨てられたら、楽になれるのに……）

庭にはエニシダの黄金花が甘い匂いをたて、遠くホオジロの声が聞こえていた。

向かいの椅子がひかれ誰かがどさりと腰を下ろす。視界に映る影の大きさに、キュナは相手をチェーザだと思い特に声もかけなかった。

「…いつまでだんまりをしているんだ」

だが聞こえてきた声に、キュナは驚き顔を跳ねあげた。向かいの椅子で傲慢《ごうまん》そうに厚い胸を反らし、足を組んで腰かけているのはフレイだった。数日ぶりに見たフレイに、キュナの小さな胸は懐かしさでいっぱいになった。

（フレイ様……）

どうして、こんな気持ちになるのだろう。

顔も見たくないはずだった。フレイには期待という期待を打ち砕かれて、恋心は傷つきずたぼろになっている。それなのにキュナは自分がフレイに会いたかったと、とても会いたかったのだと気づいた。

フレイは飴色の眼を不機嫌そうにすがめ、右手の人差し指で椅子の肘掛けをイライラと叩いている。顔色は心なしか青く、目の下にもうっすら隈ができていた。具合が悪いのだろうか。心配になったが、キュナは素直に問えなかった。

「チェーザにはよくしてもらってるのか？　まさか、夜の相手もしてやってるんじゃないだろうな。俺で味をしめて」

甘く切ない気持ちでいっぱいになっていた胸が、フレイの一言にまた冷たくなる。怒りよりもただ悲しさが募り、キユナはぷいとそっぽを向いた。

「そんなことを言うためにいらしたんですか？　……帰ってください」

眼を合わせると気持ちがこぼれそうで、キユナはそっぽを向いたまま立ち上がった。不意にフレイが、キユナの手首を掴む。

「来てやったんだから、相手くらいしろ」

（どうしてこう勝手なんだ……っ）

腹は立ったが言い争う気力はなく、キユナはフレイの手を振り払ってしぶしぶ席に座りなおした。だがやはり、顔は背けていた。フレイの顔を見たら、気持ちが弱ってしまう。

（…まだフレイ様が好きなんて、俺は、本当に馬鹿だ…）

やがて黙っていたフレイが、お前、と声をかけてきた。

「一体いつまでむくれてるつもりだ。そろそろ戻って来たらどうだ……？」

なんだそれはと、キユナは思う。まるでキユナが悪くて、聞きわけがないような口ぶりだ。

（フレイ様は、俺の気持ちなんてなにも分かってないんだな…）

これ以上傷つきたくないから、そばにいたくないと思っているのに。黙っていると、フレイは大げさにため息をついた。

「なにをそんなに意固地になってるんだ。なあ…キユナ」

フレイの口調が、後半深みを増す。そこからの流れを予想して、キユナは腰を浮かせた。だが正面からフレイが覆い被さってきて、キユナは椅子の中に閉じこめられた。

「キユナ。今日、俺と一緒にコンセに帰ろう。お前を大事に思ってるから、言うんだよ。お前がこんな野獣の家にいるかと思うと、俺は夜も眠れないほど心配なんだ」

端麗な顔に哀れっぽい表情を浮かべ、フレイは懇願《こんがん》した。悲しげな目許には、男くさい甘い色気が漂っている。

キユナは一瞬、気持ちがぐらつくのを感じた。自分のせいで眠れないから、目の下に隈ができているのだろうか？　だがキユナは、精一杯その気持ちを引き戻した。

（だめだ、騙されるな。もう、信じて傷つきたくない……っ）

自分の迷いを断ち切りたくて、キユナはフレイの胸を突き飛ばした。フレイがよろめいた隙にテラスから逃げようとする。だが腕を掴まれ、キユナは乱暴に引き寄せられた。

「この分からず屋！　一体なにが不満なんだ！」

フレイは激情を爆発させた。

「お前は本当に俺が好きなのか？　お前にとっては不本意だろうが、少しでも俺を好きな

ら今度くらい、いうことをきいてくれ！」

「じゃあフレイ様は、レオ様が犯人だって言ってくれるんですか！」

自分でも思いがけない言葉が、キユナの口から出た。

「俺がやったんじゃなくて、レオ様がやったって言えるなら帰ってもいい」

どうしてこんな嫌なことを口にできるんだろう。

けれど止まらなかった。嘘でもいい。そう言ってくれたら帰ってもいい、騙されてもいいと思う自分がいる。このほんの一瞬だけでもレオに勝ちたいと思っている、自分の浅ましさにキユナは涙が出そうになる。こんな自分は、自分でも嫌いだ。

フレイは苦々しげに、顔を歪ませた。信じられないものを見るような表情だ。

「…見損なったぞ、お前。レオだって同じ被害者だろう。それを、一人だけに嫌疑を押しつけたいのか？」

「だって俺はやっていないんです！」

今自分の言った言葉が醜いと分かっているからよけいに、キユナはかっとなった。

（フレイ様が、レオ様ばかり庇うから、俺は……）

「俺は斬った相手も知らない。どう考えたって、あやしいのは俺じゃなくてレオ様でしょう！　あんな優しげな顔して、俺がルバイン様に気に入られて城を手に入れそうだから、嫉妬して、俺を陥れようとしているのかも――」

テラスに乾いた音が鳴り、キユナは頬に鋭い衝撃を受けた。苦虫を噛み潰したような顔で、フレイがキユナを睨んでいる。キユナの頬は鈍く痛んだ。フレイにぶたれたのだ。こんなぶたれ方は、初めてした。

「……お前はそんなに嫌な人間だったのか、キユナ」

ええ、そうですよと、キユナは胸の中で返した。

(……嫌な人間だ。フレイ様に恋してから…そうなったんだ…)

「俺は…ルバイン様に誘われたんです」

ぴくりと、フレイは眉を動かした。

「コンセに戻らず、一緒に暮らさないかって言われました……」

「ほう。それで？」

一瞬のうちに、フレイの顔からも声からも感情が消えた。いつも朗らかな笑みをたたえている飴色の瞳は、突然石のように冷えて無感情になり、続きを待ってじっとキユナを見つめている。息苦しさを覚えながら、キユナは切れ切れに続けた。

「そうしてもいいと思ってます。あなたとは…もう暮らせないし」

突如フレイは、かたわらの椅子を蹴り飛ばした。椅子は勢いよく飛び、テラスの階段をごろごろと落ちた。キユナは固唾《かたず》を飲んで、黙り込む。

「……淫売になったわけだ。体で誘って落としたか？　よかったな、今度祝いに解薬を持ってきてやる。そうすれば、俺を忘れて晴れてルバインの愛人になれるだろう」

　体なんて使っていない。反論しようと口を開きかけて、けれど言えなかった。フレイの顔を正面から見る勇気も、なかった。キユナは俯いたまま、体から力が脱けていくのを感じていた。解薬を持ってくると、フレイは言った——。

「……じゃあ、俺が城と庭をもらったら、レオ様に贈られたらどうですか……」

「そうだな、お前が、レオに嫉妬されてまた陥《おとしい》れられないように、か？　これで互いに目的が果たせたわけだ」

　癇《かん》に障《さわ》る声でフレイが嗤《わら》った。キユナは体がどんどん麻痺していくのを感じる。テラスを立ち去るフレイの肩が、どんとキユナにぶつかる。すれ違いざま、フレイは言った。

「そういえば、解雇してほしいんだったな？　今ここで縁を切ってやる。さようならだ、キユナ。お幸せに」

　さようならだ。

　フレイの言葉が耳の奥で反響し、そしてキユナの心は粉々になった。急に足場が消えて、キユナは暗闇の中、まっ逆さまに落ちていく気がした。涙さえ出なかった。

　いつだったか寝台の中で、戯《たわむ》れに好きだよと言った時、フレイはどんな声をしていただろう？　どんな顔をしていただろう？

　思い出せないとキユナは思った。もうけっして、思い出すことはない。

九

夜更けになり、キユナはチェーザの城をぬけ出し、ルバインの館へ向かった。

真夜中の森は不気味な静けさに包まれていた。月光が足元を照らす中、キユナは夢遊病に取り憑《と》かれたような危うい足取りで歩き続けた。拘束中の身で誰かに見つかれば大事だが、キユナはそれならそれでいいと投げやりな気持ちだった。

フレイがチェーザの城を辞去した後、キユナは自分の心が、床に落ちた砂時計のように壊れている気がした。フレイを信じていた気持ちや残っていた虚勢が、割れた硝子から砂のようにすり抜けていったのだ。

（この恋を捨てたい…）

数日もしないうちに、フレイは解薬を持ってきてくれるかもしれない。けれどその時、キユナは彼にあの城と庭を渡さねばならない。それがなかったら、解薬はもらえない。もらえなければただキユナは打ち捨てられて、一生この苦しい思いを抱える。キユナには、せめて城と庭を手に入れることしか思いつかなかった。それがキユナなりに、フレイに対して張れる精一杯の意地だった。

たどり着いたルバインの屋敷は、宵闇の中ひっそりと静まりかえっていた。屋敷育ちのキユナは、こういう建物のどこに裏口があるのか知っている。鍵のかかっていない扉を難なく見つけ出し、こっそり忍び込む。兵士らしき男が近くに座っていたが、彼は案の定ぐっすり眠っていた。エティリア半島では、慣例的に南の一番奥が主の部屋と決まっている。キユナは足音を殺して歩き、ルバインの寝室の前に来た。一際大きな両開きの扉に、金の装飾が美しい。屋敷の主人の寝室扉は、決まってこうした装飾になる。取っ手に手をかけてそっと押すと、扉はあっさりと開いた。細い隙間から中へ滑り込むと、大きな天蓋付きの寝台が部屋の真ん中にある。キユナの心臓は、はち切れそうなほど大きく鳴っていた。

「……誰だね」

寝台のカーテンの向こうで、影が動く。キユナは息をのんだ。ランプが点され、ルバインの影が灯に照らされて寝台のカーテンへ浮かびあがった。

(帰ろうか……)

一瞬の迷いを、キユナは振り切った。頭の中に、フレイの声が響いてきた。

『……今ここで縁を切ってやる。さようならだ』

氷のように冷たい声だった。もうどうなっても同じだという絶望から、そして自分を苦しめる恋情を切り捨てたいという気持ちだけから、キユナは動いた。ルバインの寝台に近づき、カーテンを開く。ランプの光がキユナの頬に当たると、ルバインが驚いたように眼を瞠った。キユナは小刻みに震える手で履いていた長靴を脱いだ。

（早く……早く）

帰れと言われる前に。焦れながら裸足《はだし》になり、キユナは寝台の上にあがりこんだ。それだけで、もう倒れてしまいそうな気がした。

「キユナ…？　これは夢かな。一体どうやって…」

いつも落ち着いているルバインも、さすがにうろたえていた。キユナは細い肩をすぼめ、胸元にぎゅっと拳を押しあてた。薄い皮膚の下で、心臓がどくどくと鳴っている。

「…取引に、来たんです」

「取引？」

ルバインは怪訝そうに首を傾げた。キユナは自分の心臓の音がルバインにも聞こえるのではないかと思った。それほど大きい。頬に熱がのぼり、頭の中がくらくらした。愚かなことをしている自覚は十分にあった。

「あなたは俺を好きだって…言ってくれた。俺、を、どうにでもして、いいので…」

キユナの声はかすれた。

（恥知らず……）

眼に涙が盛りあがり、睫毛が濡れた。だが、だめなのだ。キユナはもう耐えられなかった。これ以上フレイを想っていたら、気が狂う——。

「だから…かわりに、城と庭…最後の城と庭、俺に、くれませんか？」

言い切ってしまった。もう後戻りできない。

目尻に溜まった涙が、ぽろりと頬を転がる。拭うことも忘れて、キユナは釦《ぼたん》をはずそうとした。細い指がぶるぶると震えて、手が滑る。それでも一つ二つとはずしていき、薄い胸元が露になろうかという時、黙っていたルバインの体が動いた。キユナはびくりと身を揺らした。けれどルバインはキユナの手の上に己の大きな手を重ねるようにして、キユナが開けた釦を一つ一つ留め直していった。

「…こういうことをしてはいけない。君自身は、城や庭などよりはるかに価値がある」

最後の一つを留め終え、ルバインはキユナの胸元をそっと叩いた。それが合図だった。

キユナの中で、ずっとこらえていた感情が、この瞬間堰《せき》を切ってあふれ出した。それはまるで嵐のように激しく、キユナを揺さぶった。

(もうだめ)

キユナは声をあげて泣いていた。その場に突っ伏し、子どものように泣きわめいていた。ルバインの腕に優しく起されると、その広い胸にすがって嗚咽《おえつ》した。

「ああ、かわいそうに……。ずっと我慢していたのか。よしよし、お泣き。泣いて楽になれるなら…涙が枯れるまで、泣くといい」

耳元で囁くルバインの声は子守唄のようだ。キユナは泣きながら、ノクシアの温かな腕を思い出していた。やがてルバインは、なにがあったねと優しく訊ねてきた。意地も見栄も涙で流したキユナは、訊かれるままなにもかも洗いざらいしゃべった。

自分は本当はフレイの従者だ、惚れ薬を飲んでフレイに恋してしまった、解くためには城と庭を手に入れろと言われた――フレイには嫌われていて、そしてもう縁を切られたと。

「そうか、それは辛かったろう。こんな小さな身に全部抱えて。フレイ卿も不器用な方だからな、困ったものだね」

「不器用じゃ…なくて、俺を、嫌いなんです」

ルバインは考え込むようにうなずき、キユナの頭を撫でていた。キユナは小さな子どものようにルバインへ体を預けていたが、不思議と恥ずかしさは通り越していた。

「城と庭か……君になら、贈ってもいいのだがな…そうして君は解薬をもらうとして、それを飲んだら本当に、想いは消えるのかね」

キユナは言葉に詰まった。もはや自信はなかった。これほど強くなってしまった気持ちが、そう簡単に消えるものだろうか。

「でも…少しでも可能性があるなら、消したいんです。もう辛くて…耐えられない」

「しかしそれは本当に、君が一番に望んでいることだろうか」

ルバインはなにを言うのだろう？　キユナは訝しんだ。さっきから何度も、フレイへの恋心を失くしたいと言っているのに。ルバインはキユナの顔を覗きこむようにした。

「できるかできないか、ということは考えないでおくれ。君が望んだらなんでも叶う、ということを前提にしよう。それでも、フレイ卿への恋心を消したいかね？　彼が君を愛してくれるとしても？」

「当然——」

「私は己の立場に悩んで、責任がとれないからと彼女を愛し切れなかった。だが、今は思う。本当は彼女を愛し、妻にしたかった。家庭を築き、子どもを……育てたかった。それが彼女を諦めた時の、本当の望みだったよ」

嘘はつくなと、ルバインの眼が言っている。だがキユナは、叶わないことを望んで傷つく勇気がない。大きな眼を伏せ、力なく首を横に振る。

「……無理です。俺はもう、フレイ様を信じられない」

「…人は誰しも、しばしば勘違いする」

ルバインは、辛抱強く続けた。

「愛されることより、本当は愛することのほうが困難で、重大だということをね」

泣き濡れた眼で、キユナはルバインを見つめた。ランプの灯火が、ルバインの厳しげな顔に照っている。ルバインは目尻に薄く皺を寄せて微笑んだ。その笑顔に、彼の重ねてきた孤独が透かし見えた気がして、キユナは胸を詰まらせた。

「恋とはより多くの愚かさ。しかし愛とは——私はなんと言ったかね？」

冗談を言うような口調で訊かれ、キユナは思い返す。愛とは……。

「恐れを手放すこと…？」

ルバインは笑みを深め、まるで子どもを褒《ほ》めるようにキユナの頭を撫でた。

「勇気を出してごらん。私と取引をする勇気はあったんだろう？」

「夢中だったんです…」

今さら自分のしたことが恥ずかしくなり、キユナは頬を赤らめた。ルバインは安心させるように抱きしめてくれた。キユナは逆らわず、従順にその胸に頬を埋める。ルバインの規則正しい鼓動と温かな体温に、キユナは落ち着いていく。

「思い出してごらん、君が彼のなにを愛したか。君の恐れはなにか」

「俺が、恐れていること……？」

ルバインは小さく笑った。

「恐怖はいつも、期待と背中合わせだ。君はきっと知っているよ」

泊まっていけと言うルバインの言葉を断り、キユナはこっそり来た道を戻った。これからどうしていいかはやはり決めかねていたが、すべて話して気持ちは落ち着いた。

だがルバインの部屋を出たところで、キユナはぎくりと足を止めた。白い塊が、真夜中の廊下をゆらゆらと揺れながら近づいてくるのが見えたのだ。

「……キユナ？」

白いものは、レオだった。頭から白布をかぶり、身を隠すように歩いてきている。彼は驚いたように眼を瞠り、キユナが出てきたばかりの扉口へ視線を向けた。

「兄様のところへ来てたの？　こんな真夜中に？」

「…あ、あの…ちょっと話があって…」

キユナはすっかり失念していたが、そういえばこのヘルトライト家主館にはルバインだけではなくレオも住まっていたのだ。白布の下で、レオの小さな顔は青ざめ幽霊のように見えた。窓から淡く差し込む月光に、彼の琥珀の眼が濡れたように光った。

「…ずるいな、キユナは。フレイだけじゃなく兄様の愛まで奪っちゃうんだ……」

「え？」

レオの呟きを、キユナは聞き咎めた。言われた意味が分からず、キユナはただじっとレオを見つめた。レオは皮肉げに眼を細め、ひっそりと嗤った。

「みんな、黒髪の呪いにかかってる……」

「どういうことですか？」

なんでもないよ、とレオはにっこりした。その表情はいつもと変わらず優しいが、白布を掴む指先は細かく震えていた。

「僕も兄様に話があるんだ。君は早くチェーザのところへ戻ったら？　見つかったら大変だよ」

「…はい。あの、失礼します」

レオの様子には違和感を覚えたが、長居するのは確かに危険だった。キユナは走るようにしてレオの前を去った。

チェーザの城には、ぬけ出てきた時と同じくらい簡単に帰れた。部屋に戻って、急いで寝台にもぐりこむ。その途端、ずっと緊張して押しやられていた眠気がどっと襲ってきた。

（そういえば、レオ様はこんな真夜中になんの話をしにいったんだろう……？）

ふと疑問がよぎったが、キユナは考えるうちに眠ってしまった。

翌朝階下の騒がしさに眼を覚ますまでは、キユナの眠りは久しぶりに穏やかだった。


朝になり、キユナはチェーザの城のどこからか響いてくる大声や馬の嘶《いなな》きで眼を覚ました。そういえば今日から祝祭が始まっている。キユナは初め、だから騒がしいのだろうと思った。

（でも、それにしては妙に不穏だな……）

喧噪は賑やかというよりも荒々しく思える。城館の使用人が揉めているのだろうか。

簡単に着替えて部屋を出、人声のする正面口のほうへ回る。二階の屋内ヴァルコニーから階下を覗くと、正面玄関の広間に人だかりができていた。それは使用人ではなく、ペルジーノ都市の連隊員だった。対応していたらしいチェーザが、厳しい顔をしている。

「いたぞ、捕まえろ!」

連隊員は、キユナを見ると階段を駆けあがってきた。キユナは数人がかりで両脇から羽交い締めにされ、階下へ引きずり下ろされる。

わけが分からない。混乱のままチェーザを見るが、彼はなにも言わない。すぐ隣に立つレオはまっ青な顔で泣いている。

「彼で間違いないのですね」

スカッキ練習での事件が起きた日にカルロの城で会った連隊長が念を押し、レオがうなずく。

「……なんのことです? 俺がなにを?」

キユナの額に汗がにじんだ。連隊長は軽蔑《けいべつ》したように、キユナを見下ろした。

「なにをしらばっくれる。昨夜ルバイン卿のもとへ忍び込み、卿を殺害しただろう。死体はどこにやった」

キユナは耳を疑う。今、連隊長はなんと言った?

「…殺害？　ルバイン様を？　死体って……」

なにを言っている。なんの話だ。頭から血の気が下がり、膝がわなわなと震え始めた。

「…昨晩、兄様のところに君がいるのを見たんだ。あの時、君が兄様を……」

レオはわっと声をあげて泣き伏し、カルロが憐《あわ》れむように背をさする。

「ちょっと…待ってください。俺はなにもしてない。あなただって知っているはずです」

キユナは殺してなどいない。レオは自分と入れ替わりに、ルバインを訪れているはずだ。あの一瞬のうちに誰かが忍び込めるはずがない。キユナの頭に、冷たいものが差す。

（レオ様、あなた、まさか……）

「フレイ卿の友人だと言うから、こちらも情をかけたのに」

カルロが吐き出すように言った。きつくキユナを睨む眼差しに、憎しみが燃えあがる。

「私の甥を殺すなど…欲に眼が眩んだ東方人め……っ」

違う。キユナは首を振った。自分ではない。では誰だ？　キユナはレオを凝視した。

「牢に連れて行け！」

キユナは連隊員に引きずられ、金切り声をあげた。

「俺じゃない！　俺が殺すもんかっ、レオ様！　本当はあなたが…っ、あなたが！」

うるさいと怒鳴られ、鳩尾に重い衝撃が走る。痛みと一緒に、後頭部に拳が落ちた。

キユナは昏倒《こんとう》した。——一気に墜落していく意識の中で、キユナは思った。

フレイ様は、助けてくれるだろうか？

いや、助けてくれない。きっと、助けてくれない――……。

キユナは地下牢獄の中にいた。地下牢の光源は天井の小さな採光窓しかない。だがそこからもれる光もとうになくなっており、牢獄は暗闇に閉ざされていた。辺り一帯湿った黴の臭いが充満し、底冷えしている。どこかからか、水滴の垂れる音が響いてくる。

ルバイン殺害の罪を着せられて捕まったキユナは、昼間連隊庁舎の小部屋で尋問を受けた。殺害の動機と死体の隠し場所をしつこく問われたが、キユナはやっていないのだ。昨夜ルバインを訪ねた折、帰りにレオを見たと言っても、誰もはなから信じようとしなかった。背中は尋問の最中に鞭で打たれ、牢に放り込まれたキユナは背の痛みに耐えながら石床に横たわり、小刻みに震えていた。

（ルバイン様は……無事なんだろうか）

考える度に、不安がキユナの胸を締めつけた。聞いた話だと、ルバインの寝台は血にまみれ、短剣が床に落ちていたらしい。だが肝心の死体はなく、どこかに捨てられたのか、それとも重症を引きずって逃げたかさえ分からないという。彼が死んだと考えると、つま先から恐怖と悲しみが襲ってきて、キユナは震えが止まらなくなる。だがもしかしたら、まだ生きているかもしれない。

（生きていて…生きていてください。神様、ルバイン様を助けてください…）

牢につながれて手も足も出ない今、ただ神に祈ることしかできない。牢を出られたら、探しに行ける。だがどれだけ訴えても、キュナはもう犯人だと決めつけられていた。

今頃、外の世界では春の祝祭で浮かれ騒ぎだろう。キュナの瞼の裏に、何度もフレイの笑顔が蘇っては消えた。フレイは祭典を楽しんでいるだろうか？　気に入りの美女を見つけて…？　キュナが牢に入れられたと知って、少しは気にしてくれるだろうか。いや、もう縁は切れたのだ。きっと関係ないと肩をすくめるだけだろう……。

かしゃん、と音がしてキュナは閉じていた眼を開けた。誰かの影が、牢に寄り添いしゃがみこむのが見えた。

「キュナ……」

聞き覚えのある声に眼を見開き、疲れた顔をのろのろとあげると、ランプを持ったフレイが牢屋の外でしゃがみこんでいた。フレイは青ざめていた。いつもきれいに整えられている髪も衣服も乱れている。額は汗ばんでさえいた。倒れ込んだキュナを見る瞳が、傷ついたように潤み、揺れている。

「おい、鍵だ」

フレイの後ろから声がして、チェーザがフレイへ鍵の束を投げた。フレイがキュナの牢の錠をはずしにかかる。

（どうしてフレイ様が……）

キユナは戸惑ったが、期待と喜びが胸にのぼる一瞬前に、その気持ちに蓋をした。フレイに期待することはもう怖い。どんな気持ちでフレイが来てくれたのか、キユナはあえて考えないようにした。

「よかったなぁ、キユナ。王子様のお迎えだ。忘れるなよ、俺が協力したんだぜ」

格子に手をかけて、チェーザがにやついた。

「お前、自分じゃなくてレオが犯人だと言ったたって？　証拠はあるのか、おちびさん」

「……昨夜」

声がかすれてうまく出ないことに気づき、キユナは顔をしかめた。

「…ルバイン様の部屋の前で会ったんです。レオ様もルバイン様に話があると言って……」

「ふうん。じゃあ、レオが部屋に入る直前に兄上がやられた可能性もあるな。どちらにしろ、お前はやってないと？」

「当然……っ」

「しーっ、俺たちもこっそり入ってるんだから、大声を出すなよ。見つかるだろ？」

口許に人差し指をたて、チェーザが注意する。

「お前が黙っていろ、チェーザ」

「おやおや、誰のおかげでここまで来れたと思ってるのかね」

フレイに言われたチェーザは、大仰に肩をすくめた。フレイは見たことがないほど張り詰めた表情だったが、キユナはわざと視線を逸らした。牢扉を開けたフレイがキユナを抱き起こそうとした時も、反射的にその手を払っていた。息をのんだフレイから視線を背け、よろよろと立ち上がる。傷つけられていても、細いなりに健康な体だ。歩くことはできそうだった。

「ルバイン様は……？」

あえてフレイでなく、牢の外で壁にもたれているチェーザへ訊いた。

「まだ見つかっていない。遺体も、生きた体もな」

(それなら生きているかもしれない……)

キユナはフレイに礼も言わず、牢の外へ足を踏み出した。

チェーザは牢番の一人に金を渡していたようだ。難なく外へ出ることができた。キユナが囚われていたのはペルジーノ市の中央にある連隊庁舎だ。祝祭の警備のために連隊員の多くは出払っているらしく、大きな庁舎に明かりはわずかにしか灯っていない。市街の方からは賑やかな楽の音が聞こえてくる。

「春の祝祭のまっ只中だ。この混乱に乗じて逃げるぞ」

連隊庁舎の裏道に、チェーザは小さな箱馬車を用意していた。三人で乗り込み、中の馬車ランプはつけずに路地を選んで走り出す。衆目は中央通りの仮装行列に集まっているらしく、路地はまっ暗で人気がない。チェーザは気楽なもので、中央通りから聞こえてくる楽の音に誘われたように歌を歌いだした。

「…手をとれたはずでしょう…愛が恐れを知らぬなら……」

チェーザの歌に聞き覚えがある気がして、キュナはどきりとした。

「なんの歌ですか？」

「さあ？　子どものころ、兄上がよく歌っていたんだ。古い夜想曲だろ、どこにでもある」

チェーザは皮肉っぽい笑みを浮かべた。

「父上がおかしかったから、俺とレオの面倒は兄上がみたのさ。俺は情が薄いが、レオは兄上に相当執着している。今頃必死に死体を探してるだろうよ」

「お前は薄情なやつだ」

それまで黙っていたフレイが、苛立ったように攻撃した。

「知るかよ。領主は、俺でもよかったんだぞ。俺たちは同じ立場だったんだ。父上はもともと愛の迷い子で、繰り上がりの領主だろう。その場合は、べつに長子が継承権を持つとは限らない。大体、父上だって正当な権利があったわけじゃない」

チェーザはため息をつく。

「父上が領主になるよりは、カルロ叔父がなったほうがよかったんじゃないか？　俺は恋に狂ったニキシオ卿のおかげで今、貴族になれたがな。あんな男が治めて、よくペルジーノはもったもんだ。兄上だって、長兄だというだけで権利を得たが、子どもも作らないんじゃな…大体、レオを連れてきたのだって俺からしたら迷惑な話だ」

「連れてきた？」

キユナは眼をしばたいた。車輪が道の凸部に乗りあげたらしく、車体ががくんと揺れた。

「あいつは初めからヘルトライトにいたわけじゃないぜ。兄上が、父のニキシオに言われて黒髪の女を探し回った時に、たまたま見つけてついでに連れてきたんだ。父上がレオの母親にも手を出していたのさ。放っておけばよかったのに。あんなお荷物」

「レオ様から、お母様は自殺したと聞きましたけど…」

「らしいねぇ。俺はよく知らない。レオの母親とは、会ったこともない」

「どうしてですか？　同じ敷地内にいたのに？」

「さあな。父上は、レオの母親を監禁してたからな」

俺と同じ趣味があったわけだ、と言ってチェーザは笑った。

（なにか…おかしい気がする）

キユナは、話のつじつまが合わない妙な気持ち悪さを感じていた。

（レオ様のお母様は監禁され、自殺した……どうして、ニキシオ卿は監禁したんだ？）

大通りから賑やかな仮装行列の歓声があがり、太鼓の音が聞こえていた。路地を選んで進む馬車は、やがてチェーザの城の、裏門の前で停車した。

チェーザの城の灯はほとんど落ちており、出迎えたのは執事だけだ。彼の城で行われる催しは、昼の間に終わったのだという。

馬車を下りる時、キユナはわずかに足をふらつかせた。咄嗟に腕を伸ばしてきたのはフレイだったが、キユナはやはりそれを押しのけた。

「キユナ」

咎めるようにフレイが言ったけれど、キユナは顔も見られなかった。見たくない。考えたくもなかった。

「ルバイン様が襲われたことは、市民の方は知っているんですか?」

キユナはチェーザに確認した。

「いや、祝祭のまっ最中に知られたら大混乱になる。兄上は変わり者だから祭くらい出ていかなくても不審がられない。ベラ夫人とカルロ叔父が代理をやってるが、問題ないさ」

チェーザと話しているキユナを、フレイが物問いたげな視線で見ている。それを感じてもキユナの心は冷えていた。石のように動かなかった。体も心も疲れきっている。立っていられるのは、ルバインの安否が気になるからだ。あとはなにもかもどうでもよかった。

だが業を煮やしたのか、不意にフレイが手首を摑んで引き寄せてくる。フレイと眼を合わせた瞬間、キユナは体が強ばり心臓が跳ねあがった。

「キユナ……コンセに帰ろう。今夜のうちに」

眉を寄せ、フレイは懇願するような眼差しでじっとキユナを見下ろしている。その眼には焦燥さえ感じられる。キユナの薄い背が震え、背傷がじくりと痛んだ。

（なにを言ってるんだよ……？　縁を切ると言ったのは、フレイ様のほうだろ…）

フレイの真意が分からない。修復不可能なほど、互いを傷つけあったのはつい昨日のことじゃないか。

「おいフレイ、勝手を言うなよ。牢屋からキユナを出すかわりにいうことを聞くと約束したのはお前だぞ」

チェーザが口を挟み、彼は面白がってフレイの手から奪うようにキユナの肩をとった。

「俺はキユナが欲しいんでね。お前はお払い箱だ、フレイ」

「その汚い手をどけろ、チェーザ。欲しい物ならくれてやる、金でも家でも女でもな。キユナは俺とコンセに帰る。こんな危ない場所にキユナを置いておけるか」

「平気さ、俺が家の中に閉じこめて可愛がってやる」

途端、フレイの顔が険悪になる。フレイが再び引き寄せたので、キユナはチェーザの腕から離れた。キユナは嫌悪感でいっぱいになった。フレイもチェーザも、まるでキユナの気持ちなど無視している。キユナはフレイの腕を振り払い、一人でチェーザの城の庭へと歩き出した。

「キユナ、どこへ行くんだ。馬車を用意しているのは反対方向だ」

フレイは、キユナがコンセに帰るのは当然だと思っている。キユナはその態度に腹を立て、とうとう振り返った。

「俺は帰りません！　ルバイン様を探さなきゃならないんです！」

フレイは困り果てた顔で、キユナの両手を握った。

「キユナ……頼むから。ここにいて、またお前が傷ついたらどうする？　コンセに戻ればエオトス家がお前を守れる。お前のためなんだ」

フレイの声は必死だった。その眼には、焦りが浮かんでいる。

「俺に怒っているのは分かった。だが、戻ってくれ。俺が悪かった、お前の望むとおりにする。もう、お前を困らせたりしない」

キユナの手を掴む、フレイの指に力がこもる。その指は冷たく汗ばみ、湿ってさえいる。

（嘘じゃない……？）

キユナは迷い、フレイを見あげた。フレイの目の下は、隈でまっ黒になっている……。

「すぐに解薬も渡す。俺は、許婚と結婚する。だから戻ろう。こんなところに、お前を一秒でも置いておきたくない、お願いだ……」

（……そうじゃない）

胸がつぶれるような気がした。一瞬浮かんだ信頼はまたすぐに消え去った。フレイはまだ、分かっていない。キユナが怒っているのは解薬をくれないからではない。フレイが許嫁と結婚しないからではない。そもそもキユナは怒っているのではなかった。

（……傷ついてる。俺は傷ついてるだけなのに）

「お前がキユナを連れて行くつもりなら、連隊に告げ口してもう一度捕まえてやるぞ」

チェーザが口を挟み、フレイはきつい形相《ぎょうそう》でチェーザを振り返った。不意にフレイが手袋を外したので、キユナは嫌な予感がして「あっ」と叫んだ。だがフレイはチェーザに向かって手袋を投げつけ、その瞬間キユナはチェーザに腕をひかれて引き寄せられた。フレイの手袋は、チェーザではなくキユナに当たっていた。

「なんのつもりだ、チェーザ！」

貴族が手袋を投げるのは、決闘を申し込む時だ。手袋を当てられた方が、落ちた手袋を拾うと決闘受諾の意味になる。

「俺はお前に決闘を申し込んだんだ、俺が勝ったらおとなしく引き下がってもらう」

「お前と？　冗談はよせ、俺は剣なんか振るったこともない」

チェーザは肩をすくめた。

「キユナ、拾ってさしあげろよ。お前が負けたら、俺はフレイにお前を譲って逃がしてやる。ただしフレイ、キユナが勝ったら諦めろよ。それがキユナの答えだ」

「ルバイン様を探さねばならないのに、決闘などしている暇はありません」

キユナは拒んだが、チェーザはどこ吹く風だ。

「どちらにしろ、このままじゃ決着がつかないぞ。お前も本当にフレイを思いきるんなら、決別の儀式をしたほうがいいんじゃないか？」

キユナはフレイを振り返った。厳しい顔をして黙り込んでいるフレイ。どうしてこんなことになったのだろう。キユナはたまらない切なさで、細い喉を締めつけられた。

（俺はなにか、恐がっているのかな……？）

ルバインに訊いた一言が、胸の奥へ返ってこだまする。分からない——。

（決闘を受けて、自分でフレイ様に決別…する？　それが一番いいのかな——）

キユナは腰を屈めた。そして床の上に落ちているフレイの手袋を、拾いあげた。

十

チェーザは決闘場として彼の城の裏庭を提供した。一面綺麗に整備された芝地は、満月に照らされて明るい。決闘の立会いはチェーザがすることになった。立会人の役目は、両者に公平に武器を与え決闘の勝敗判断を下すことだ。チェーザは同じ作りの剣を二振り用意した。

チェーザが気を利かしたのか、用意された剣はキユナのような小柄で腕力の弱い人間にはあつらえむきの細剣だった。従者には主人護衛の仕事もある。エティリア半島人と比べて体格で不利なキユナは、長年技術を磨いて華奢な体を補ってきた。どんなにフレイの体格がよくとも、日頃から練習しているのは自分だし、力勝負に持ち込まなければ簡単に負けるとも思えない。だが……。

（……負けるかも、しれない）

距離をとってフレイから離れながら、そう思った。気持ちが定まらねば剣も定まらない。この決闘で勝ち、フレイと決別するとキユナは決めきれていない。

（……もうフレイ様を信じることもできないのに、どうして）

チェーザが開始の合図をかけた。長剣を胸の前に構え、フレイを見据えたキユナはぎくりとした。あえて決まった構えをとらず、フレイは数間先に佇んでいる。

（隙がない…）

全くない。切り込んでいっても、どこからでも反撃されそうな気魄《きはく》をフレイから感じる。絶対に連れて帰るという気魄だ。キユナと違い、フレイの腹ははっきりと決まっている。

「来ないのか？　それなら、こちらから行くぞ！」

突然フレイが剣を構え、疾風のように駆け込んできた。キユナの胸元にフレイの剣が切り込んでくる。キユナは咄嗟に受け流し後ろに跳躍して間合いをとったが、フレイの追撃は容赦《ようしゃ》ない。大柄な体に似合わずフレイの一閃一閃は速く、そして重い。まともに力勝負をしては敵わない、キユナは力を流すように刃を返し、逃げ回った。

「防戦するだけじゃ、負けるぞ！」

振り上げられた剣を流せず、ついにキユナは正面から刃で受けた。火花が散り、力押しが始まる。キユナは足を踏ん張るが、フレイのほうはまだかなり手を抜いている様子だ。

「キユナ」

正面から、フレイはまっすぐに呼びかけてくる。

「どうして、そんなに意地を張る？　俺がそれほどお前を怒らせたなら、謝る。だが、こんなことは昔から何度もあっただろう？」

　本当に分からないように、フレイは眉をひそめた。

「確かに俺は意地が悪いかもしれないが、そんなのは昔からだ。お前、俺の性格はよく知っているじゃないか。いつもの喧嘩なのに、どうしてここまでこじれたんだ」

フレイの口調は責めるというよりもむしろ、単純に困惑を語っているだけに聞こえる。

フレイは苦しそうな表情で、言い募った。

「惚れ薬を飲んだからか？　それだけでここまでおかしくなるなんて…」

「…さよならだって言ったのは、解雇したのは、フレイ様でしょう……っ」

「本気にしたのか？　あんなもの、売り言葉に買い言葉だ。意地悪しただけだよ。後で説得して連れ帰るつもりだった」

　驚いたように、フレイは眼を丸めた。

「……意地悪、しただけ？」

なにを言っているんだと、キユナの胸に失望が湧きあがる。

（俺がどんな気持ちで……それを聞いたか）

「お前はあの薬のせいでおかしくなったんだろう？　所詮薬の効果だ、一時の気の迷いじゃないか――」

（気の迷い……？）

それまで抑え込んでいた感情が、突然、キユナの中で弾けた。

「ふざけるなよ！」

キユナは無我夢中で、フレイの懐へ突っ込んだ。

「フレイ様は恋をしたことがないんだ！　だからそんなことが言えるんだ！　俺が、俺がどんな気持ちでいたかなんて…っ」

フレイはキユナが恋をしていると、知っていたはずだ。惚れ薬を飲んだ日に、キユナの心臓に手をあててそんなに俺が好きかと訊いた。俺に恋をしているお前は可愛いと言った。

知っていて、気の迷いだと言うのか？

（悔しい、悔しい、悔しい！）

フレイがレオを愛していると、キユナを見ていないと思って、ぼろぼろに傷つけられた。冷たいと言われ、可愛くないと言われ、好きだと言ってくれたと思うと掌を返され、フレイの手の上で、フレイの言葉一つで浮かれたり傷ついたりした——。恋をしてから暗い絶望の淵に何度も何度も落とされて、立ち上がれないほど苦しんだ。ルバインに体と心を売ってまで苦しみから逃れようとしたのに、それさえもフレイは気の迷いだと言うのか。

（どうしてフレイ様は、俺のことをもっと、分かろうとしてくれないんだろう……？）

生意気な言葉の裏側に、意地を張ってそっぽを向く表情の裏側に、いつも隠している気持ちがあった。本当の自分を見てほしい。

（ちゃんと俺に、俺の気持ちに、気づいて…好きになって、ほしいのに……）

烈《はげ》しく繰り出す剣筋に、フレイはじりじりと後ずさる。

「キユナ、落ち着け…っ」

「あなたなんかと、帰らない！」

大きな眼をかっと見開き、キユナはフレイの剣をめがけて鋭い一撃を繰り出した。かん高い音が夜空に響き、月光を反射したフレイの剣は、刃をまっ二つに折られて地面に転がった。驚いてフレイの動きが鈍った一瞬を、キユナは見逃さなかった。彼の心臓に向かって腕を突き出す。フレイの厚い胸に刺さる寸前で、ぴたりと刃を止める。

「俺の勝ちです！」

薄い肩を上下させ、荒く息をつきながらキユナが宣言した瞬間だった。

「どうかな」

フレイは持っていた剣を捨てた。そのまま、あろうことかキユナの突き出した剣先に向かって身を乗り出してきたのだ。キユナは一瞬怯《ひる》み、後ずさる。フレイの左手が、それをとどめるようにキユナのむき出しの刃そのものを掴んだ。

「——…ッ」

キユナは息を止めた。下がろうとした足を踏みとどめる。刃を握り締めたフレイの五指から、じわりと血がにじみだした。刃が血で濡れ、刃先を伝ってそれはキユナが握る剣の柄まで流れてくる——。

「…なに、を」

問いかけるキユナの声は、みっともないほど震えた。

「俺から逃げたいなら剣をひけ。指五本くらい、くれてやる！」

叩きつけるほどの激情が、フレイから迸《ほとばし》る。柄を持つキユナの手は震え、頭の先から血の気がひいていくのが分かった。このまま剣を引き抜けば、確実にフレイは指を失う。

「憎いなら顔も切れ、腕も切り落とせ、胸を突き破れ！　いくらでもくれてやる、だが俺はお前を連れて帰る！　お前は俺と離れないんだ！」

まるで、嵐のような叫びだ。フレイの言葉は、暴風のようにキユナの心を揺さぶる。柄を握る手から力が抜け、ガランと音をたてて、キユナの剣は地に落ちた。

（……負けた…？）

キユナの背中に、冷たい汗がにじむ。フレイの思いに、自分の気持ちは負けたのか——

キユナは、膝をついてへたりこんだ。左手の傷を押さえ、フレイが一歩近づいてくる。

「……いつも」

悔しさが、口惜しさが、腹立ちや怒りや悲しみと一緒になってキユナをいっぱいにし、理性が失われる。キユナの眼に、熱いものが盛りあがった。

「いつも、いつもいつもいつも、フレイ様は自分勝手だ…俺の気持ちなんてまるで分かってない、分かろうとしない、どうでもいいんだ」

フレイが歩みを止めるのが、気配で分かる。子どものようにしゃくりあげ、キユナは泣き濡れた大きな眼を震える手で覆った。

「フレイ様が、フレイ様が…言ったんだ、俺に、お母さんは俺を愛してないって…期待するなって、フレイ様が言った…」

母を待ち続けた冬の日が……凍てつく空の冷たさが、静寂に包まれた朝の孤独が、キユナは戻ってくるような気がした。エオトス家の門前で母を待つのをやめた時に、キユナに注がれていたはずの母の愛情が死んだ。母が自分を愛してくれていると信じるのをやめた日に、母からの愛情はキユナの中で死んでしまった。

「だから俺は、愛なんか要らないって、そのために生きるのをやめようって、思った……また捨てられたら、もう立てないから。なのに、なのに」

キユナは耳を塞ぐ。うるさいほど耳鳴りがする。

まっ暗闇の中、たった一人で立っている。温かい場所があるのに、近づけない。外から眺めていることしかできない淋しさが、いつも胸の底から拭えない。

誰かたった一人でいいから、自分だけを一番にしてほしい。

そんなふうに思い始めたら、とめどなく自分は弱くなる。

「だから俺、強くなろうって…思ったのに…フレイ様は、俺を冷たいって否定する。俺が可愛くないって……どうして？　俺が黒髪で黒い眼だから？　肌が黄色いから？　そんなこと言われたら、俺、俺、どうなったら、どうなったらよかったんですか…？」

「キユナ…」

膝を屈めてきたフレイは青ざめ、焦った顔でキユナの肩を摑む。

「そんな…そんなふうに思っていたのか？　俺は、ただお前に、俺や兄上がいるからいいだろうと言いたくて…俺は、お前が俺の元から去るんじゃないかと怖かっただけなんだ。そう言ったつもりだった」

「知らない、嘘です。フレイ様はいつも意地悪だった、俺は犯人じゃないのに、庇ってもくれなかった。レオ様ばかり庇って、俺は…あなたしか頼れないのに。俺がどんなに心細かったかなんて、フレイ様には分からない……っ」

なんて子どもっぽいのだろう。こんなことまで吐露《とろ》するつもりはなかった。けれどキユナは追い詰められていた。自分の弱さをさらけ出すと、もはやなにもかもどうでもいいような気さえしてくる。すまない、許して欲しい、と繰り返すフレイはうろたえている。

「俺はずっとお前を弟のように思ってきた。俺にとってお前は…身内なんだ。だからつい甘えて、無茶を言っても許されると思って…でも、お前を嫌っていたわけじゃない。お前を庇わなかったのは、言わなくても俺の気持ちなど分かるだろうと……」

フレイはキユナの頬を両手で包み、長い睫毛にかかった涙を拭ったり、震える肩をさすったりする。フレイはどうしていいか分からない顔をしている。

「…じゃあなんで、抱いたんですか」

悔しさよりも――ただ悲しみで、キユナは顔を歪めた。涙が顎を伝って、膝の上へぱたぱたと落ちた。フレイが、戸惑うように瞠目する。

「フレイ様は…弟を抱けるんですか？　俺がどんな気持ちで抱かれたか……」

あの時の記憶が蘇り、キユナは俯いて震えた。明日になればフレイは全て忘れているだろう、それでも構わないと思って抱かれた。翌日本当にフレイが忘れていた時、胸が引き裂かれるように苦しかった。それでも幸福で死ねるとしたら、フレイに最後まで抱かれた夜の、あの一瞬だけがそうだった。フレイはキユナのすべてを愛していると言ってくれた。劣等感でいっぱいのこの体が、ただ一夜まるで上等なものになったように思えた。

「こんな、冷たくて醜い俺でも……愛されているのかと期待して…でも違って…そのたび傷つく。俺はあなたの言葉を信じられない……それなのに、どうやってこの先一緒にいろと言うんですか？」

「そんな…俺は、お前とずっと一緒にいると決めている。小さなころからそうだったように、これから先も、一生……」

「あなたが結婚しても…？　俺がそれで傷つかないと？　解薬を与えれば元に戻るって思ってるんですか？　だから俺の気持ちを踏みにじっても、片恋させても平気だと思った？

そんな言葉俺はもう聞きたくない……！」

フレイは一瞬言葉を失くし、それから震える声で囁いた。

「だが…俺と帰ってくれるだろう？」

「……じゃあそうしたらどうですか。いつもみたいに、俺の気持ちを踏みにじって、自分のしたいようにすればいい！」

フレイの顔がみるまに青ざめていく――フレイは地面に身を投げ出さんばかりにキユナへすがりついてきた。

「どうしたら俺のしたことを許してくれる？　キユナ、お前を失いたくないんだ。お前のいない人生なんて、考えられない…」

(弟としてですか？)

キユナは首を横に振った。フレイの端麗な顔が、月光に照らされている。華やかで明るく、いいかげんで嘘つきで……けれど優しいフレイのことを、愛している。憎みながら、今もまだ愛している。けれど報われぬまま愛する孤独に、キユナは耐えられない。

(俺だけを好きだって言ってくれたら、それでよかった…。でも、もうそう言われても信じられない。信じて傷つくのは、怖い……)

キユナからこぼれた涙が、フレイの手に落ちるのが見えた。

「あーあ、全く決闘になってないじゃないか」

進展のない応酬を破ったのはチェーザだった。彼はフレイの肩を掴み、立ち上がらせるようにしてキユナから引き離した。

「フレイ、お前、聞いて呆れるぞ。自分とキユナがずっと一緒だって？　キユナに伴侶ができるとは考えないのか？」

言われて気づいたというように、フレイの眼が丸くなる。青ざめた顔に、当惑がはっきりとのぼる。チェーザは失笑気味にため息をついた。

「存在が近すぎて考えもしなかったか。しかも手、出してたのか。お前が弟みたいに大事にしてる例の従者じゃないのか。こいつ」

「一度だけだ。お前がキユナに手を出したから……つい……」

チェーザは回数の問題か、と半眼になる。

「俺が手を出したから自分も出した？　怒り狂うまでは分かるさ、だがその後、自分が手を出す側に回るのは妙じゃないか。弟ならな」

大きくため息をついたチェーザに言われ、フレイはなかば呆然としている。

「フレイ。お前は、恋をしたことがないらしい」

チェーザがからかうように言った。その時ふと、城の裏口からランプを持った従者が駆けて来るのが見えた。彼は転びそうな足取りで、声をあげた。

「チェーザ様！　兵士が数名、隊を組んでこちらに来ています！」

「バレたかな。まあいい。キユナ、その剣はやるから、ひとまず逃げろ」

地面に落ちた剣を拾い、一振りして血を飛ばしてからチェーザは鞘ごとキユナに押しつけ、裏の森へ顎をしゃくった。

「俺が足止めしておくから。後で帰って来いよ。俺はまだお前の所有権、フレイに渡してないからな」

冗談めかして笑い、チェーザは城のほうへ戻っていく。呆気なく自由にされ、キユナは拍子抜けした。だがぼうっとしているヒマはなく、キユナは川を飛び越えて森の中へ紛れ込んだ。フレイもついてきたが、追い返している暇はない。

森の中ではぐれないようにと思ったのか、フレイの手がキユナの空いた手を摑んで握ってきた。切ない温もりが、そこから伝わってくる。

(俺に謝った気持ちは…少しくらい、本当なのかな……?)

詮ない考えだ。キユナは頭を振って払い落とした。今はルバインを見つけ出すことが先だった。

キユナはフレイとともに、森の中を川沿いに走った。満月が明るいので、道に迷う心配はなかった。チェーザの城が見えなくなると二人は走る速度を落とした。

「追っ手はまだ来ないようだな。チェーザがうまく足止めしているのか……」

フレイが後方を確かめながら言う。

「急いでルバイン様を探さないと…」

そうは言っても、どこへ行けばいいのかは分からない。とりあえず彼の屋敷であるヘルトライト家主館に向かった。

フレイはまだキユナの手を握っている。キユナはなんとなく機を逸して振り払えないでいる。そっとフレイの横顔を伺い見ると、彼は普段は浮かべない思い詰めた表情をしていた。だが、フレイがなにを考えているのかは分からない。先ほどの話は尻が切れたままだ。かといって蒸し返したところで、あれ以上なにを言えばいいか分からずキユナも結局黙っていた。気持ちを切り替え、キユナは現実的なことを話しかける。

「……フレイ様、レオ様があの城と庭を欲しがっていたと言っていましたよね。どうしてか、理由を知っているんでしょう？」

そうでなければ、フレイがレオに城や庭をやろうなどとは考えないはずだ。レオとフレイの関係を思い返すとまた嫉妬で胸が焼けたが、この際キユナはその感情を横におしやる。

「あの城から飛び降りて、母親が死んだと言っていたな。だからあの城と庭が手に入らなければ、生きている心地がしないと……すまなかったな」

レオのためにキユナを賭けに担ぎ出したことに今さら罪悪感が湧いたのか、フレイは苦しそうな顔になった。キユナはそのフレイの言葉をどう受け取ればいいか分からず、今はなにも応えなかった。それに今のフレイの話には気がかりな点が多い。

（母親があの城から飛び降りた？　確か、チェーザ様はレオ様のお母様が監禁されていたと…ニキシオ卿は、最後の愛人シエナを閉じこめる塔に、レオ様のお母様を閉じこめた？　どうして……）

「フレイ様、レオ様とカルロ様の関係ってなにかいわくがあるんでしょうか？」

フレイが怪訝そうに眉を寄せた。

「以前、カルロ様がレオ様に言っていたんです。レオ様には正当な権利があるとか……レオ様がもし本当にルバイン様を刺したのなら、やっぱりニキシオ卿の遺言のことで揉めているとしか思えませんし……」

「ルバインが遺言を隠しているとは聞いたことがある。噂では、領主の座が本当はカルロに譲られてるからだとか、四人目の子どもなぞいなかったからだとか言われているがな」

どれも眉唾だ、とフレイは思案げに呟いた。ふと月夜の空に遠吠えが聞こえてきた。

「…狼か、厄介だな」

フレイが舌を打つ。キユナはハッと考えが閃き立ち止まった。訝しむフレイを尻目に、遠吠えがした方角に向かって指笛を吹く。短く二回、そして長く一回――。

「クストーデ！」

大声で名を呼ぶ。夜の森にキユナの声が反響し、近くの枝から梟の飛び立つ音がする。

（いるなら来てくれ——クストーデ…！）

不意にフレイがキユナを庇うように肩を抱いてきた。見ると、正面の木陰にきらりと輝く二つの眼がある。

「キユナ、狼だ。逃げろ」

「大丈夫、友達です」

怪訝な顔のフレイから離れ、キユナは膝をついた。クストーデは木陰から出てくると、キユナの顔へ頭を寄せてふんふんと匂いを嗅ぎ、挨拶《あいさつ》するように頬を舐めてくる。

「クストーデ、ルバイン様がどこにいるか知ってるか？　助けたいんだ。知っていたら、連れてってくれ」

クストーデに言葉が通じないとは思えない。利口そうな眼差しをじっとキユナに向けた後、銀狼は身を翻し軽く駆けた。途中で立ち止まり、待つように振り返る。期待に、キユナの心臓がとくんと鼓動を打つ。

「行きましょう」

「あ、ああ……」

合点のいっていないフレイに、詳細を説明している暇はない。キユナはクストーデに置いて行かれないよう全力で走った。二人はいつしかヘルトライト家の城館をぐんぐん追い越し、より鬱蒼と木々の茂る森の中へと導かれた。やがてクストーデが立ち止まったところは、厚く蔦に覆われた高い塀だった。キユナはハッと息を詰めた。塀の向こうに見えたのは、ニキシオが最後の子どもに遺した——呪われた塔だった。

「ここにルバイン卿が？　しかし、扉は閉まってるぞ」

門らしき鉄門には重い鎖が巻かれ、錠がおりていた。その上にも旺盛な蔦がからまり、ここ数年開けた形跡すらない。ウオンッとクストーデが吠える。見ていると、壁の一部に吸い込まれるように入っていく。

「蔦の下に穴が開いているぞ」

フレイがからまった蔦をどけると、壁の一部が崩れていた。大人は腹ばいにならねば通れないほどの穴だが、キユナとフレイは歩伏して中へ入った。途端、甘い匂いがむんと鼻腔に満ちる。

「…すごい」

キユナは思わず嘆息をもらした。満月の光に照らされ、四方を壁に囲まれた塔の周りには、甘く香りをたてる花園が広がっていた。花々はどれも眠っているが、朝になり蕾を開けば、夢のような薫香がこの庭いっぱいに広がるだろう。

「ニキシオの愛の深さ……というより、狂気の深さだな。塔も、妙な造りだ…」

花園の北側にそびえる塔は、想像より胴回りが太い。入り口から先、天辺まで窓がない。

最上階にだけ人の背ほどの長窓が二つあり、一方は庭に向けられていたが、もう一方は囲いの壁の向こうに張り出していた。

「場所から察するに、あの窓の下は川だな。あの川は深いから、あそこからなら監禁されても逃げられるはずだが……」

「…レオ様のお母様が身を投げたとしたら、庭側の窓でしょうか…」

クストーデの姿はいつのまにかなくなっている。塔の入り口である鉄扉は、押してみるとキイ…と音をたてて開いた。中はしんと冷えて湿った石の臭いがし、なにもない円形広間の真ん中に螺旋階段《らせんかいだん》が伸びていた。

「灯がないと辛いですね……」

「ここに蠟燭があるぞ」

使いさしの蜜蠟と燭台を見つけ、フレイが持っていた黄燐で火をつけた。蜜蠟の灯を頼りに塔のほとんどをあがったところで階段は途切れ、こじんまりした部屋が現れた。燭をかざすと、一通り生活できそうな家財具が一式そろっている。今は火のない暖炉の隅っこに、大きな黒い塊があるのを見つけ、キユナは喉の奥で小さく悲鳴をあげた。

「ルバイン様……！」

それはうずくまり、体を丸めて倒れこんだルバインだった。キユナは息をするのも忘れる気持ちだった。かたわらに駆け込んだものの、もしも触れた体がすでに冷たかったならと、恐怖に指先がすくんだ。震える指でルバインの額を覆う髪を掻き分ける。その時、ルバインは微かに身じろいだ。

「キユ……ナ、か…」

弱々しい声だが、確かにルバインがしゃべった。

(神様…!)

キユナの眼の奥に、熱いものがこみあげた。胸の内で手を組み合わせ神に感謝を捧げる。フレイが燭台を置き、ルバインの体を丁寧に抱き起こした。つたない蠟燭の光に照らされて、外套の下、ルバインの腹部が明らかになるとキユナは思わず息を詰めた。淡色の寝間着がまっ黒に染まっている。それは多分、ルバインの血だ。手近な敷き布を裂いて一応の手当はしているようだったが、それもまっ黒になっていた。

「見た目ほど、ひどくはないのだよ。血もすぐ止まった。傷はさほど深くなかったのだ」

キユナの視線に気づいたように、ルバインが囁いた。伸ばされた手が、労るようにキユナの頰を撫でる。その指先は冷え切り、血の気を失くしている。こんな時なのに自分よりもキユナを心配してくれるルバインにたまらなくなり、キユナは涙ぐんだ。

「誰が刺したのか詳しくお聞きしたいが、とりあえず安全な場所にお連れしよう」

フレイがきびきびと言ったが、ルバインは力なく首を振った。

「フレイ卿……。私が…ここへ来たのには意味がある。この上階に…父の遺言状がある。

それを持ってきてほしいのだ…」

キユナはフレイと顔を合わせた。見れば、部屋の奥にはまだ階段が続いていた。

「ニキシオ卿の遺言状ですか？　あなたはそれを取りに…ここへ？　なぜ」

キユナはフレイの質問を追い、ルバイン様と呼びかけた。気になっていることがある。

「最後の愛人シエナは、本当に見つからなかったのですか？　ニキシオ卿の最後の愛人は、いまだにどこにいるか分からないのですか…？」

「……シエナは」

ルバインは眼を閉じ、呟いた。

「もう、死んでいる。この塔から身を投げて……死んだのだ」

謎の一端が解けたような、いやむしろ深まったような気がした。フレイに呼ばれてキユナは立ち上がった。フレイはすでに、階段を上っている。上は最上階だった。天井は高く、寝台と暖炉のほかに大きな書架がある。部屋の扉は重い鉄扉で、長窓が二つ。

「愛人をこんな鉄扉の内側に監禁か。外から閉じられたら梃子《てこ》でも開かないぞ。愛が聞いて呆れるな。ただの妄執《もうしゅう》だ」

扉を叩き、フレイが忌々しげに舌を打った。森のほうへ張り出した窓の下はやはり川で、もう一方は庭だ。見下ろすと存外に高く、思わず足がすくむ。

「お前、ルバイン卿に惚れているのか」

遺言書を探すために書架をごそごそとあさりながら、フレイが言ってきた。フレイは、眉間を曇らせた暗い表情をしている。

「どうしてそうなるんです……？」

「お前は兄上が大好きだろう。ルバイン卿は兄上に似てるしな……ああいう、穏やかな男がお前は昔から好きなんだ」

「……俺が惚れ薬を飲んで、フレイ様を見てるの、忘れたんですか」

フレイはため息をつき、それは薬のせいだろうと呟いた。

「薬を飲まなかったら、お前は俺など眼中にないさ」

「……それはあなたのほうでしょう」

キユナはむっと薄い唇を尖らせた。自分のことを棚にあげて、すねたように言うフレイに腹が立った。

「……俺は違う。お前は自分を醜いと言ったが、俺は一度もそう思ったことなどない」

どうやら先ほどの話の続きのようだ。キユナはフレイの言い分など信じる気にもなれず、わざと冷笑した。

「じゃあ、美しいとでも思っていたんですか？」

「思っていた。可愛いと。今でも思っているがな」

迷わず即答するフレイに、キユナは腹が立った。この期に及んで、まだ嘘をつくのか。

「いいかげんなことばかり。東方人だと言って人を馬鹿にしてるくせに」

「お前が俺の言葉でうろたえるのが可愛かったからだ。……構いたかったんだよ。怒らせでもしないと、お前は俺なんか相手にしないから……本気にしているとは思っていなかった……いや、これは甘えだな」

フレイは亜麻色の睫毛を伏せ、声をひそめた。

「お前も俺の気持ちを理解していなかっただろうが……俺はきっとそれ以上に、お前を知らなかったんだろうな…」

最後は独り言のように言い、フレイは黙ってしまう。キユナは気持ちが揺れているのを感じた。可愛いと言われ、まだどこかでときめいている自分が情けない。揺れる気持ちを抑えるためにフレイの隣を離れ、暖炉の上を探すが遺言状は見つからなかった。上空は風が強いらしい。塔の窓硝子は風になぶられて不穏に揺れ、カタカタとうるさい。暖炉の上に置いた蠟燭の灯が、隙間風に踊る。それにしてもと、キユナは思った。

(ニキシオ卿の最後の愛人は見つかってたんだ。そしてこの塔から身を投げて死んだ。ということは、監禁されていたってこと？　これじゃ同じだ……レオ様のお母様と)

その時、キユナの首筋に冷たいものが当たった。

「まだ見つからないの？」

耳元で囁かれた声に、キユナは背が凍った。

「…レオ！」

振り向いたフレイが、声を荒げる。

「おとなしくしてね、フレイ。暴れたら、君の可愛いキュナの首がざっくりだよ」

フレイが歯を軋《きし》ませる。レオはキュナの首筋に、背後から鋭利なナイフを押し当てていた。少しでも刃が食い込めば、キュナの頸動脈は血を噴き出す。

（レオ様……）

キュナの額に、恐怖と困惑でじわりと冷たい汗が浮かんだ。

「…僕のいうことを聞いてね。キュナ、両手をそろえて前へ。フレイは、キュナの手首をこの布で縛るんだ。きつくね」

レオはフレイに細長い布を差し出した。いうとおりにするしかなく、キュナが両手を突き出すと、フレイは言われたとおりキュナの手首を縛った。

「レオ、お前だったのか、愚かな真似を…。そうまでしてこの城が欲しいのか」

「君の友情には心から感謝するよ、お人よしのフレイ」

フレイの瞳に言いようのない怒りが浮かび、いつも鷹揚《おうよう》な笑みを浮かべている頬には腹立ちで赤みが差している。

「キュナ、ひどいことしてごめんね。ここに入れたのは君のおかげだよ。僕はクストーデとは仲良くなれなかったから」

耳元で囁かれるレオの声は、以前と変わらず優しげな響きだ。だが同時に、得体の知れぬ底昏《そこぐら》さを含んでいて、キユナは背筋が粟立つのを感じた。

「さてフレイ。次は遺言状を探し出してくれる？」

フレイは苛立たしげに舌打ちし、書架に向き直った。

「レオ様…ルバイン様を殺そうとしたのも、あなたなんですか」

「殺してない。生きてたでしょ？」

むしろ素っ気ないほどの口調で言い、それから、レオは低く笑い声をたてた。

「君が…兄様にまとわりつくからだよ。君になにもかも奪われそうだったから……」

――フレイだけじゃなく兄様の愛まで奪っちゃうんだ……。

ルバインの寝室の前で会った真夜中、レオが同じようなことを言っていたのを思い出し、キユナはこくりと息をのみ下した。だがその真意は理解できない。やがて、書架をあさっていたフレイの動きが止まり、分厚い本の間から一通の書面を抜き出す。丁寧に折りたたまれた白い紙だ。レオがぶるりと震えたのを、キユナは背中ごしに感じた。

「…読め。声に出して」

低く命じるレオの声は、怯えるようにかすれていた。キユナの首筋に押し当てられた刃先も小刻みに震えている。キユナの首の皮膚は、うっすらと切れた。

「……私、ニキシオ・ヘルトライト…ペルジーノ領主は」

フレイの通る声が、狭い室内の冷たい石壁に反響した。

「その領地と領主の権利、領主屋敷、最後年に建てた城と庭を、私とシエナの間に生まれた三男に相続する」

（城だけじゃ……ない？　領地も領主の座も渡す？）

思っていた内容と、違う。キユナは眉を寄せ、フレイも怪訝そうに数瞬、黙す。

「…さらに、一の城を次男チェーザに、二の城を弟カルロに相続し、残りの建造物を長男ルバインに相続する。……三男が権利を相続するまでの間、ルバインが代行としてこの権利を相続、領地を治めるものとする。……なお」

キユナの背後でレオが息をのむ。フレイは呆然とした顔で、最後の一文を読んだ。

「三男は、黒髪をしている」

一枚の紙切れを、フレイは裏返した。まるで、あるはずの文を探すように。けれどフレイはなにも言わなかった。続きはないのだ。続きは……。

（レオ様のことが…一言も、ない）

突然かん高い笑い声が狭い室内に響き渡り、キユナはどんと背押されてよろめいた。笑っているのはレオだった。まるで悪霊にとり憑かれたような病的な笑いだった。レオは腹を押さえてよろよろと暖炉にもたれかかる。フレイさえ、突然笑い転げるレオを食い入るように見つめている。

「ああ！　ああ！　これが知りたかった！　僕はこれが知りたかったんだ！」

レオは膝をつき、天に両手を差し上げて嗤った。

「父様の頭の中に、僕なんて影も形もないということ！　ああー！」

絶叫し、レオは両手を床に叩きつけた。

「知りたかった…！　父様の愛が……ほんのひとかけらも僕には、ないって……」

レオの琥珀の瞳から、涙がこぼれた。そこには狂気が宿っている。

「レオ…どういうことだ？　お前は、ニキシオの子どもじゃないのか……？」

「…僕が知りたいよ。ニキシオの子だと言われて連れてこられた。それなのに父様は認めない……果ては別のところからも父親が出てくるんだ」

レオはせせら嗤う。庭に面した窓を指差し、レオはゆらりと立ち上がった。

「…シエナは僕の母だ。母様はその窓から、飛び降りて死んだ」

やはり、とキユナは思った。断片的な情報の組合わせからは、その答えしか導かれない。

「…じゃあお前が、最後の子どもなのか？」

「父様は認めなかったけどね…。分かるだろう。僕の髪は、黒くない」

レオは薄暗く微笑んだ。

「母様と僕は引き離され、母様はここに監禁された。父様は母様を苦しめた。浮気をして、別の男との間に僕をつくったと……思ったんだ」

見たわけではなくとも、淡々と語るレオの口ぶりから、その悲惨な光景はキユナの脳裏を過ぎった。打擲《ちょうちゃく》に耐えかねたシエナは、この塔の天辺から飛び降りて――死んだのだ。

「兄様は、僕をニキシオの、シエナ以外の愛人との子どもだと……みんなを騙したんだ。母様が死んでもぬけの空みたいになった父様にも、あなたの子どもだと兄様は言ってくれた。…父様は信じた。それで僕はここで暮らしてこれた……」

（そういうことか……）

レオがシエナの子どもだと知っていたのはルバインだけ、あるいはカルロも知っていたのかもしれないが、どちらにしろチェーザや一般市民は、レオとシエナの子どもは別物だと思わされてきた。だが本当は四人目の子どもなどおらず、レオがシエナの子どもだったということになる。

レオは燭台を持ち上げると、彼の母が身を投げたという窓へふらふらと近づく。

「でも父様は僕のことなんか、死ぬ時にはまた忘れてしまったんだ……遺言状にも、名前がないくらいだもの…。兄様は僕を哀れんで、それをずっと隠してた――」

レオは暗い窓硝子を覗き、独り言のように呟いた。

「じゃあやっぱり、僕の父は…？　だとしても、僕はあんな愛は要らない…」

古ぼけた硝子に淡く映る、蜜蠟の灯火が揺れた。振り向いたレオの顔から狂ったような笑みは消え、ただ力なく、弱々しく彼は微笑んだ。

「キユナ…君が羨ましい。君のような黒髪だったなら、僕は愛されていた……」

レオの淋しげな瞳にほだされて一歩前へ出たキユナは、不意に眼を疑った。窓のカーテンから、白いものがもうっとたちのぼる。焦げた臭いが漂い、やがて視界にぱっと緋色が散った――レオは蜜蠟の火を、カーテンに押し当てていた。

レオの狂気じみた哄笑《こうしょう》が湧きあがる。次の瞬間、カーテンは勢い良く炎に包まれていた。

「全部燃えてしまえばいい！」

レオの狂笑の中、炎は瞬く間に石組みを通る木柱と梁に移る。フレイが怒鳴る。

「レオ、やめろ！　蠟燭を寄越せ！」

「近寄ったら君の眼の前で僕が火だるまになるよ！」

レオは己に蠟燭を押し当てるようにした。尋常ではない眼の光、冗談ではないと分かる気魄に、追いかけたフレイが一瞬怯む。燃えあがった炎は梁を伝って寝台に、書架に燃え移った。両手を縛られたままのキユナをフレイが庇うように抱き寄せ、キユナの腰の剣で戒《いまし》めを切る。

「さよなら！」

レオはその隙に扉の外へ逃げ出した。鉄扉が乱暴に閉められ、向こう側で、がしゃん、と鎖の音がする。

「くそ…っ、外から鍵を閉めたな！」

フレイは怒鳴って扉を蹴りあげた。

「フレイ様…下にはルバイン様が…！　レオ様は、一体どうするつもり……」

「死ぬ気だろう。この塔も庭も一緒に、丸焼きにして心中するつもりだ」

フレイは手にしていたニキシオの遺書を、キュナの衣服の中へ押し込んできた。その仕草に違和感を覚え、キュナはフレイを見上げる。

「そっちの窓から飛び降りろ、下は川だ。底も深いし、お前なら岸に着ける」

「…フレイ様はどうする気ですか」

「ルバイン卿とレオを連れて出る」

意味が分からない。鉄扉は閉まっているのだ。この部屋は燃えている。二人は助けなければならない——助けなければならないが、どうしてそれでキュナだけ逃げる？

「俺も一緒に助けます！　一人でなんて無理に決まってる！」

鉄扉に手をかけ、キュナはぐっと力を込めた。その時、扉の隙間からきな臭い煙が忍び込んできて、キュナは息をのんだ。

「レオのやつ、このすぐ向こうも燃やしたな。やがて火の海になるぞ」

キュナは歯がみし、小さな体をしたたかに扉へぶつけてみた。だがびくともしない。

「普段大人しいヤツは、たまにキレると手がつけられないもんだ」

「なにを呑気《のんき》なこと……フレイ様も開けるのを手伝ってください！」

二人の背後で、ごうっと炎が渦巻いた。二つの窓の木枠が燃え落ち、その衝撃で硝子が砕け落ちる。外からの突風で炎が荒れ狂い、ひどい煙にキユナは咳き込んだ。突如キユナは、フレイに引きずられた。

「お前は下に下りたら、チェーザを探せ。悪知恵だけは働くヤツだ、なんとかしてくれる」

キユナはフレイの腕にしがみついた。フレイの顔は怖いほど冷静だった。

「なら、なら…二人で下りて、下から助けましょう？」

「それじゃ間に合わない。大丈夫だ、俺を信じろ」

「信じられません！」

信じられるわけがない。信じられるわけがないのだ。

「フレイ様はいつも、いつもいつも嘘をつくじゃないですか！　あなたの言葉なんて、絶対信じない！」

こんな嘘はいやだ。こんな場面で、こんなところで、こんな嘘はいやだと、キユナは涙ぐんだ。火は燃え狂い、視界を埋めるほどの煙が窓から外へ逃げ出す。キユナは窓のすぐそばまで引きずられる。フレイはだだっ子を見るような、優しい眼で笑った。

「そうだな、俺はすぐ嘘をつく。お前の言うとおりだ」

笑い事じゃない——そう言おうとしたキユナの声は、フレイの唇の中へ吸い込まれた。

フレイの唇は、煤《すす》の味がした。熱い舌がじっとりとキユナの咥内へ侵入してくる。まる

で撫でるように口内を舐められて、キユナは背中の力を抜いてしまう。フレイはキユナの下唇を舐めて離れ、おかしそうに眼を細めた。

「……本当だな。弟に、こんなキスはしない」

次の瞬間、さらわれるように抱きしめられた。フレイの腕は強く、その体温と匂いが、一瞬にしてキユナの気持ちも体もいっぱいにする。

「キユナ。お前への愛が、ふざけて繰り返した遊びの愛とあまりに違いすぎて、俺は素直に愛することを…恐れていたのかもしれない……」

耳元で素早く呟き、フレイは腕を緩めた。その瞳が、切なく揺れた。

「もしもっと早く気づいていたら……」

しかしフレイは言葉をおさめ、淡く苦笑いした。

「コンセに帰ったら、久しぶりに遠乗りしよう。お前としたいことがたくさんある……」

次の瞬間、キユナは窓の外へ放り出されていた。フレイが突き放したのだ。

(フレイ様の、嘘つき……!)

無我夢中でキユナは手を伸ばし、フレイも連れて行こうとした。だが指はむなしく空を掻いた。落ちていく瞬間、窓辺に立つフレイの顔が見えた。フレイは微笑んでいた。

燃え盛る塔が遠ざかり、キユナはけたたましい音をたてて眼下の川面へ叩きつけられた。

十一

フレイ様──！

川に落ちたキユナは、必死にもがいて岸辺にあがった。塔はいまやまっ赤になって燃え、塀の蔦にまで火が燃え移り、絶望的なほどの大火となっていた。

（どうして…どうして！　どうして！）

キユナは火の手がまだ回らぬ蔦にしがみついて、塀をよじ登ろうとした。

「キユナ！　一体なにをしてるんだ！」

だが服を摑まれ、乱暴に塀から引きはがされた。キユナを引きずりおろしたのは、カルロだった。彼の後ろから、何人もの連隊員や野次馬が走ってくる。野次馬から火事だ、火事だと大騒ぎする声があがった。連隊長に命じられた連隊員が、これ以上火が広がらないよう周りの樹木を伐採し、川から水を汲む作業も始まる。

「中に…ルバイン様とレオ様が…！　それに、それに…フレイ様も！」

「とにかくここはだめだ、避難するんだ」

キユナはカルロに引きずられた。火は塀の蔦を燃やし、庭からも炎があがった。夢のように美しかった花園が火の海となる。そして塔の天辺が、突如崩れ始めた。

「塔が…崩れてく……」

キユナは呆然とした。まっ赤な火炎の中、塔は天辺から呆気なく砕け、瓦解した。フレイと別れたあの部屋もまた、崩れていく。キユナは膝をついた。体中から力が脱けていく。

(あんなに…崩れたら、もう助からない。もう、フレイ様は、もう……)

嘘だ、と思った。

(フレイ様…嘘でしょう？　悪ふざけでしょう？　…帰ってきて、くれますよね…？)

最後に見たフレイの笑顔、腕の強さ、懐かしい香り。甘い口づけ——すべてが閃光のように閃いて、消えた。喉の奥が痛い。眼の奥が熱い。

(神様……神様、神様、嘘だと言ってください)

息が浅くなり、キユナはよろよろと地面へ手をついた。

(いい子にします、他になにも願いません、なにも要らない)

フレイが自分を、愛してくれなくてもいい。キユナの瞳から、どっと涙があふれた。

(フレイを返して……返して…！　返してーッ！)

「キユナ…かわいそうに。君だけがどうやって助かったんだね？」

カルロが膝をついてキユナの背を撫でた。キユナは嗚咽でうまくしゃべれない。

「レオが燃やしたんだね。あの子はあの建物を憎んでいたんだ。……君が現れてルバインの愛をさらって、あの子なりに怖くなったんだろう。あの子は父親からの愛がもらえぬかわりに、ルバインの愛に執着しすぎた。得られぬ愛なら殺そうとするほどに、な……」

（殺そうと、するほど……？　今、そう言ったのか？）

「…どうして、レオ様がルバイン様を殺そうとしたと知っているんです……？」

キユナは顔をあげた。殺気を感じ、本能的に飛びすさる。

「ほう、見た目だけじゃなく勘の良さも猫なみだ」

カルロが剣を構え、ゆらりと立ち上がった。キユナは脇腹を抑える。致命傷にはなっていないが、衣服は破れ皮膚が薄く裂けて血がにじんでいた。カルロに切れられたのだ。キユナは後ずさり、樹を背に当てて腰の剣を引き抜いた。背中に、冷たい汗が噴き出した。

「…カルロ卿…どういうことですか……？」

「レオの父親はニキシオではない…としたら、誰か想像がつくかね？」

カルロは眼を細め、嗤った。

「若いころの私の髪は、栗色だった」

ぞくん、と冷たいものがキユナの背を走った。まさか。いや、チェーザの城の茶会をぬけ出した日に、ヘルトライト家主館の庭でレオとカルロが話しているところを、キユナは見た。あの時感じた。二人の関係はただの叔父と甥ではないと。

「ニキシオは存在もしない息子に、財産の多くを遺した迷惑な兄だったな」

カルロは歌うように呟き、一歩キユナに近づいた。

「この領地も館も、私のものでも良かったのだ。私なら、もっとうまく治めた。そして私が主なら……レオも難なくあの塔を手にできたろうに」

「あなた……」

キユナは寒気がした。カルロはレオを己の子と言いながら、燃え盛る火の中に閉じこめられた彼を案じようともしない。

『じゃあやっぱり、僕の父は…？　だとしても、僕はあんな愛は要らない…』

呟いていたレオの、途方にくれた横顔が脳裏を過ぎる。

「レオ様を、利用したのか？　初めから全部仕組んでいた…？　ルバイン様を殺すように仕向け、この塔を彼ごと燃えるようにそそのかした…？」

そうだ。なぜ今頃気がついた。スカッキの現場は、カルロの膝元だった。彼があの剣を用意したと考えてもいい。レオが言いつけられ、キユナに渡したのかもしれない。

「思ったとおりに運んで満足しているよ。レオもルバインもいてくれては困る。領主は一人でいい。だが一つ計画が狂った。君が生きていると、また相続の火種が増えるのだ！」

突然カルロは跳躍し、駆け込んでくる。キユナは正面から刃を受ける。剣と剣がぶつかって、火花が散る。カルロの剣筋は確かで、重い。キユナは腰を屈め、一瞬の隙をついて横へ逃げ出した。だが反転したカルロの動きは素早く、息つく間もなく切り込まれる。剣《けん》戟《げき》を辛うじて受け止めながら、キユナはじりじりと川べりへ追い込まれた。

（許せない……）

高笑いするカルロの顔に、腹の底から憎しみが沸いてくる。レオもルバインもフレイも、この男に殺された。キユナは地を蹴ってカルロの懐へ飛んだ。胸に向かって斜めに切り込む。だが次の瞬間、カルロの足がキユナの腹にめりこんだ。

「う……っ、あ！」

よろめいた隙に剣が弾き飛ばされ、カルロの体当たりを食らった。重い衝撃に吹き飛んだキユナは、大木の硬い樹皮に強かに細い背を打ちつけてうつ伏せに倒れこんだ。

「さて、最期のお祈りはできたか？」

カルロは乱れた息を整えながら、キユナの肩を蹴り上げて、仰向けに転がした。腹にどすんとカルロの足が落ちてきて抑えられる。キユナを見下ろすカルロの顔が、燃える炎の照り返しを受けて赤い。

終わりだ。虜囚の身になって鞭打たれ、フレイと決闘をし塔から落ち——走り続けたキユナの体力はもう限界だった。背傷は急に痛み始め、全身が鉛のように重い。立ち上がる気力さえ湧いてこなかった。ここで自分も死ぬのかとキユナは思った。フレイの後を追うなら、それも悪くはない。

（ああ、俺はそこまで、フレイ様が好きだったんだ）

冥府でなら少しは素直になれるだろうか。素直になれたら……好きだと、フレイを好きだと言おう。愛し返されなくても構わない。フレイの愛があってもなくても、とっくにキユナは彼を愛していた。

（どうしてそのことに…気づけなかったんだろ……）

フレイは、キユナが傷ついていることに気づかなかったと詫《わ》びた。当然だ。伝えなかったのだから。フレイが長い付き合いの中でキユナに甘えていたのと同じように、キユナもまた言わなくても分かってほしいと甘えていた。

（俺は言わなかった。伝えなかった、本当の気持ち。本当は愛しているって、一度も……）

『――お前への愛が他の誰とも違いすぎて』

最後に聞いた、フレイの声が耳の奥に蘇る。

『俺は素直に愛することを…恐れていたのかも、しれない――』

（フレイ様……俺も同じでした）

キユナも愛されないことではなく、愛することを恐れていた。

愛しても愛し返されずに傷つくことを、それでもなお愛し続ける勇気がなくて、いつも恐れていた。母がキユナを愛していたかいなかったかは、本当は問題ではなかった。母の愛を信じ続ける勇気を、自分があの時持てなかっただけ。自分を愛していなかったかもしれない母を、それでも愛し続ける勇気を持てなかっただけ……。

愛は母の中ではなくキユナの中で、死んだ。

喉が熱くなり、涙がこみ上げる。睫毛を濡らし、涙はこめかみを流れ落ちた。

「お祈りは済んだかね。ならば一つの真実を教えてやろう」

カルロは手にした剣を、ゆっくりと頭上に構えながら言った。

「君に生きていられると困る理由だ。君は一体何者なのか？」

カルロが口の端を持ち上げて嗤った。

「君の指にはまった指環。ルバインが古い恋人に贈り、彼女が死んでから、長い間やつの指を捕らえていた。レアンテは彼女の名だ。彼女は——君の母親だ」

キユナは眼を見開いた。

カルロはキユナの額に向かってまっすぐ刃を突き下ろす。その時、キユナは幼いころのフレイの声を、はっきりと耳の奥に思い返していた。

『その女は、お前を愛してなんかいなかったんだ、きっと』

弾かれたようにキユナが泣き出すと、フレイは怒ったようにつけ加えた。

『俺がお前を愛してやる。誰よりもお前を愛してやるから』

キユナは耳鳴りを聞いた。心臓が大きく脈を打つ。

突然辺り一帯を震わせるような狼の吠え声がこだまし、銀色の塊がカルロに向かって弾丸のように飛び込んでくる。キユナは飛び起きた。カルロの叫び声が響き渡った。

「…クストーデ！」

巨大な銀狼はカルロの四肢を抑えつけ、キユナを振り返ってウォンッと吠えた。

「狼！　狼だ！　誰か助けてくれ！」

カルロはまっ青になってわめいていた。キユナの中に、すうっと冷静さが戻っていく。

「……カルロ卿、あなた、レオ様のお父様…なんですか？　本当に？」

「そんなこと、分かるもんか！　シエナは娼婦だったんだぞ！　兄上とも私とも、他の男とも寝てたんだ。キユナ、領地の半分を分けてもいいからこいつをどけてくれ。な？」

カルロは必死になってキユナを搔き口説いた。まっ青な顔に追従笑いを浮かべている。

（こんな男のために……）

キユナの胸に、やるせなさが募ってくる。

「あなたに、父親の資格なんてない。……愛することなど、知らないあなたに」

指示を待つように、クストーデがじっとキユナを見つめている。キユナはすっと息を吸い込んだ。

「クストーデ、嚙め」

カルロが叫んだ。クストーデは犬よりもずっと大きな口を開け、鋭い牙でカルロの首へかぶりつく。その瞬間、カルロは金切り声をあげて気絶した。カルロの下半身から異臭が立ちのぼる。彼は失禁したのだ。

「…ひ、ひどいことするなあ、お前……」

背後から声がかかり、振り返ると樹の陰に隠れるようにしてチェーザが立っていた。クストーデがカルロから口を離してキユナのそばへ来ると、チェーザは及び腰になって樹にしがみつく。チェーザを無視し、クストーデはキユナの手に頭を擦りつけて甘えた。彼の牙には一滴の血さえついていない。キユナはルバインが、クストーデに甘噛みを躾けていると知っていた。

「…見ていたんなら、助けてくだされぱいいのに」

「カルロ叔父の剣に俺が敵うもんか。ああー、驚いた。叔父がこんな悪党だったとは。連隊長を呼んだから、もうじき来る。しょっぴいてもらうから安心しろ」

相変わらずのチェーザの臆病を、キユナは笑った。

「……レオ様もルバイン様も助からないのに……気楽な、方ですね」

膝から力がぬけてその場にへたりこみ、キユナは塔を見た。まだいくばくかの火の手があがっている。塔はもう跡形もなく崩れ去っていた。

細い手で、キユナは顔を覆った。押し当てた右手の薬指に、冷たい感触がある。ルバインからもらった真鍮の指環だ。東を意味する言葉、レアンテ。

（お母さんの…名前だったのか……）

フレイにルバインが父親なのだと話したら、どれほど驚くだろう。

（驚いて、そしてだからってここに残るんじゃないよな？　俺と帰るだろう？　って…飽きもせず言うだろうな。フレイ様は絶対、俺を置いていかないんだ……）

その口調まで想像できて、キユナは笑いそうになった。けれど笑えず、涙があふれた。

今だったら帰ると言う。フレイと一緒に帰ると言う。

どうしてフレイがキユナだけ逃がしたのか、キユナにはもう分かっていた。フレイは愛してくれていた。幼いころから、本当はずっとキユナを愛してくれていたからだ。

（俺がフレイ様を信じる勇気を、持てなかっただけなんだ……）

クストーデが慰めるように、キユナの頬を舐めた。

塔の火はようやく衰え始めた。燃え尽きて瓦解した瓦礫の残りが、がらがらと崩れていく音が、夜のしじまに響いていた。


長い夜が明けた。

一晩中消火作業を続けた連隊員らが、地べたに座り込んで白み始めた空を見上げている。

乱雑に樹木を伐採された後の森は無惨な姿をさらし、切り倒された木々は丘を作っている。

キユナの横でチェーザが大あくびをし、眠そうに眼を擦った。

「獄につないだカルロ卿が、今朝方すべて自白しました。領主権を狙って、相続権の高いルバイン様とレオ様を狙ったようです。祝祭のほうはどういたしますか？」

やはり徹夜で働いている連隊長が、さすがに疲れの隠せない面持ちでチェーザに報告した。彼は気遣わしげに、燃え落ちた塔を見やる。

「祝祭のほうは一時中止だ。この状況じゃできないだろ。塔の調査は…昼からやろうか。瓦礫をどけて、兄たちの遺体を捜さないとな。エオトス家に使いは出したか？」

面倒そうに打ち合わせるチェーザの声を、キユナは聞くともなしに聞いていた。泣き明かした眼は腫れぼったい。キユナがのろのろと歩き出すと、クストーデが先に駆け出す。

まっ黒に崩れ落ちた塀のそばまで来ると、朝の微風が煤《すす》けた匂いを運んでくる。美しい花園は無残に消えて灰となり、塔は瓦礫と化していた。崩れた石の中に、炭に変わった家財具の残骸《ざんがい》が残っている。この瓦礫の下に、三人の遺体があるのだろうか？

「……フレイ様」

呼びかけても、朝の風が煤けた匂いを運んで吹いただけだ。身じろぐこともできず、キユナは立ち尽くしていた。

瓦礫の中をうろついていたクストーデが、鼻先で残骸を押しのけてふんふんと匂いを嗅いだ。やがて顔をあげ、キユナに向かって元気よく吠える。

（ルバイン様の遺体…とか？）

駆け寄っていくと、クストーデは尾を振っていた。瓦礫の下に頭を突っ込み、何度も吠えて、またパタパタと尾を振る。

「この下？」

大きな石が二つ重なり合っていて、とてもキユナ一人では動かせそうにない。迷っていると、後ろからチェーザがやって来るのが見えた。

「キユナ、お前も帰って、一度寝たほうがいいぞ」

「チェーザ様、これをどけるのを手伝ってください」

大きな石を見たチェーザは、嫌そうに顔をしかめた。

「寝不足の俺にそんなことしろって？　俺はスプーンより重いものは持てないんだよ」

「クストーデ」

キユナが呼びかけると、クストーデは唸りながらじりじりとチェーザに近づいた。

「分かった！　やるよ！　やるからその狼を向こうへやれ！」

チェーザは渋々と石に手をかける。石は二人がかりで押してもなかなか動かず、結局連隊員にも手伝わせ、梃子を使って動かした。大石を二つどけると、クストーデが待っていたように大きく吠え、その地面に向かって飛び込んだ。

「キユナ！　見てみろ、地下階段だぞ！」

チェーザが驚いて声を張りあげた。まっ暗な階段が地面から下へ続いているのが、朝日に照らし出されて見える。中から、クストーデの声がこだましてくる。

「暗くて見えないな、おーい、誰かランプを持って来い」

チェーザが連隊員に呼びかける。

（……神様）

鼓動が跳ねた。我知らず、キユナはまっ暗な階段に飛び込み、闇雲に下りていた。途中で段を踏み外し、あっという間に転がり落ちてどしんと尻餅をつく。

冷えた空気が地下室の奥から流れてくる。闇の中で二つの光がちらっと輝き、やがてクストーデの影が、そっとキユナに寄り添った。べろりと顔を舐められる感触——そして奥から、小さく笑う声がした。

「誰だ？　随分派手に落ちたな。大丈夫か…？」

キユナは息を止め、耳を澄ました。低く、優しい声だった。胸が震え、全身が鳥肌だつ。

「うわっ、なんだここは……あ！」

後ろから声がして、突然キユナの視界が明るくなった。追ってきたチェーザがランプをかざしたのだ。そこはこじんまりした四角い部屋だ。真ん中に棺がある。そして棺にもたれるように座っていたのは、フレイだった。両脇に、ルバインとレオをそれぞれ寝かせていた。ランプの灯を受けて、フレイが微笑んでいる。

「ああ……キユナだったのか。痛くなかったか…？」

キユナを見つめるフレイの瞳に、温かな愛情がやどっている。懐かしいフレイの笑み。十二年間、誰よりキユナのそばにあった笑みだった。自分のほうがよほど大変だっただろうに、キユナの尻餅など心配しているお人よしの……。キユナはみるまに、涙ぐんだ。

「フレイ！」

キユナは駆け出した。子ども返りして、敬称をつけることさえ忘れていた。足をもつれさせ、つんのめるようにしてフレイの厚い胸へ飛び込む。

「フレイ！　フレイ、フレイ……！」

フレイの体は温かい。嘘じゃない。生きている。生身の体を確かめるように、キユナは夢中でフレイの広い背中にしがみついた。

「…すまなかった。怖い思いをさせたな。だが今度だけは俺も、嘘をつかなかったろ…？」

フレイが囁きながら、キユナの頭を撫でてくれた。もうなにも言葉にならず、キユナはただうなずきながらしゃくりあげた。この小さな体いっぱい、温かなもので包まれている気がする。今死んだっていいと思うほど、幸せで胸がはち切れそうだった。

「お前、物凄い悪運の持ち主だなあ。どうやって助かった？」

チェーザの言葉に、フレイは肩をすくめてもたれている棺を振り返った。

「見てのとおりさ……。シエナが、助けてくれたんだよ」

その後、気を失っているレオとルバインを連れ、キユナはフレイと馬車でチェーザの城へ行くことになった。その道程でフレイがかいつまんで話したことによると、最上階の鉄扉は、ルバインが階段を這いあがって開けてくれたらしい。レオは放火するだけした後、ぼんやりと座り込んでいたそうだ。フレイはレオを小脇に抱え、ルバインを負ぶって一階まで降りた。その時点で塔は崩れ始め、一階の出口も落石で塞がれて出られなかった。万事休すかと諦めかけた時、足元から冷たい空気のもれるのを感じて、石組みを外したところあの地下に通じる階段があったのだと言う。地下にあったのは、シエナの墓所だった。

「ニキシオの愛は、相当根深かったということだ……。死んでもなお、彼女をあの塔に閉じこめたかったんだろう」

それだけ話すと、一晩中起きて火が回ってこないか見張っていたらしいフレイは寝てしまった。ほどなくして、キユナも激しい疲労に襲われて眠りこけた。

翌朝、庭から聞こえてくるホオジロのさえずりでキユナは目を覚ました。窓からは明るい日が差し込んでおり、部屋の中はもう温かい。

キユナはチェーザの城に泊めてもらっていた。簡単に着替え、フレイを探しに部屋を出て、外廊でふと立ち止まる。庭へ面したテラスに、ルバインが座っていたのだ。彼の腹には痛々しげに布が巻かれている。ルバインは足元のホオジロにパン屑をやっていたが、ふと視線をあげてキユナに気づいた。一瞬だけ、キユナの背を緊張が走った。

「……もう起きて、大丈夫なんですか？」

かたわらにそっと近づくと、なんとか、とルバインは穏やかに応えた。キユナはその後、なんと言葉を続けるべきか迷い、黙り込んだ。

（この人が、俺のお父さんだった……）

嫌悪感はない。だが素直に喜ぶよりも、戸惑いが勝つ。どうしてルバインは隠していたのか、母はどうやって死んだのか、キユナには訊きたいことがたくさんある。だがどう訊けばいいか分からず、うろうろと言葉を探すだけで結局なにも言えなかった。

「……チェーザから聞いたよ。その指環の意味を、カルロ叔父が君に話したようだな」

ルバインに切り出され、キユナはこくりと息をのんだ。そっと、ルバインの隣へ腰を下ろす。言葉を選びながら、キユナは慎重に訊いた。

「……母はあなたに会いに来て、ここで亡くなったんですか…？」

「ああ…。冬の日だった。君をエオトス家へ置いてきたと、泣いていたよ」

それでは自分を門前に捨てた直後だろう。母が迎えに来なかったのは、死んでいたからなのだ。キユナは目頭が熱くなる気がした。母に、信じてあげられなくて、ごめんなさいと謝りたかった。

「エオトス家に俺が拾われたのは、偶然じゃなかったんですか……？」

「ああ。私から、ノクシアに頼んでいた。レアンテは……君の母親は、病が篤かった。君が大人になったら、私に認知するようにと頼みに来た。私は承諾し——彼女は安心したのか、その後すぐに逝ったよ……」

(お母さん……愛してくれていた……)

「私は……レアンテを愛していた。君のことも…何度も腕に抱きたいと、願った。けれど時間が必要だった…」

ルバインは苦しげな声で二十年が、と言った。

「実行不可能な遺言の失効に、ペルジーノの法律では二十年が規定されている。二十年経てば、父の遺言は無意味だ。そうしたら私はレオに、領地を渡そうと思っていた…」

言いながら、迷うようにルバインは息をついた。

「それが正しいかは分からなかったが……」

ルバインが語らない言葉の先を、キユナは理解していた。

レオがニキシオの最後の子かそうでないかは誰も分からない。けれどレオはそう望んでいた。ルバインはそんなやり方で、レオの望みを叶えてやりたかったのだろう。

「俺を認知したら、相続権が俺に回る可能性がある……それを恐れて?」

ルバインは黙った。ルバインは遺言状をあの塔の中へ隠し続けた。レオを傷つけぬように? だがそれでも尚遺言状を遺棄しなかったのは、そんなやり方でレオを救うことが正しいのか、迷っていたからではないのかとキユナは思った。

「私がレオを連れてきたんだ……。レオはいつも、本当の父親は誰なのか誰が自分を愛してくれるのか、迷って揺れていた。彼にはただ、愛情だけが必要だった。君を愛している。君は私のたった一人の息子だ。だが…レオは私の弟だ…弟なんだ」

ルバインの声は、まるでしぼり出すようだ。キユナの胸も掴まれるように痛んだ。この人は十分苦しんできた。そして今も苦しんでいる……。

キユナが胸元からくしゃくしゃになった遺言状を取り出すと、ルバインは驚いたように顔をあげた。

「すいません。俺が預かってたんです…でもこれ…」

手の中の遺言状は十年間ルバインとレオを苦しめたが、キユナにはただの紙切れでしかなかった。キユナはルバインの眼の前で、その紙切れを真ん中からびりり、と破った。ルバインの眼が見開かれる。キユナは勢いをつけて、それを細かくちぎった。掌を広げると、風にあおられて紙片は空を舞った。まっ白な紙吹雪が、まるで季節はずれの雪のようだ。餌を食べ終えたホオジロが、可愛く鳴きながらその中を飛んでいく。

「遺言状、預かっていたんですけど、逃げる途中で燃やしてしまいました」

ごめんなさい、とキユナが頭を下げると、ルバインは脱力したように肩を落とし震える息をついた。キユナには、急に彼が、十歳も二十歳も年老いて見えた。

「それからこれ、お返しします」

右手の薬指から指環を抜き取り、キユナはルバインの掌に戻した。問うように見上げてきたルバインに、できる限りの気持ちをこめて微笑み、彼の手を握る。

「いつかその指環を俺がもらってもいい日が来たら、またください。俺はずっと待っています。俺はもうあなたから、欲しいものは全部もらいましたから……」

これで、伝わったろうか？

領地も、建物も要らない。出会うまでの十七年、離れていてもルバインはキユナを思って苦しんだだろう。それがルバインの愛情だった。それで、十分だ。

ルバインはうなだれ、震えた。その目尻に、光るものがある。彼は指環を握りしめ、空いた手ですがるように、キユナの手を包んだ。

「すまない……」

ルバインの頬から落ちた涙が、キユナの指へと垂れた。彼の涙の雫はキユナの指の上をつるりと流れ、その軌跡が朝日に照って、一瞬指環のように見えた。

十二

テラスから室内に戻り、キユナは玄関前を通ってあっと声をあげた。

正面広間に、長身で大柄の男が一人立っている。長めの銀髪を撫でつけ、髭を生やした男はフレイの異母兄であり、都市コンセの領主ノクシア・エオトスその人だった。

「ノクシア様⁉ なぜここに！」

「おお、キユナ、元気そうで良かった」

穏やかな顔に笑みを浮かべ、ノクシアは大きな腕の中に小柄なキユナを抱き込んだ。ノクシアの広い胸に抱かれると、キユナは反射的にほっと安堵《あんど》する。

「さんざんなめに遭ったな。頑張りはフレイから聞いた。お前が牢獄に囚われたと聞いて驚いて馬を飛ばして来たら、今度は火事に巻き込まれたと言うじゃないか」

ノクシアは昨日のうちに着いたらしい。

キユナはノクシアから、レオもカルロと同じく投獄されたと聞いた。貴族牢だから手荒な扱いは受けていないそうだが、それでもキユナの胸は痛んだ。

「レオ様は……どうなるんでしょう」

「犯した罪の分、人間は償わねばならないものだ。それが本人にも必要なんだよ。レオ・ヘルトライトが相応の償いを終えた時、彼の本当の人生が始まるだろう」

キユナはノクシアの言葉にうなずきながら、いつだったかヘルトライト家の庭でレオがカルロと話していた姿を思い出した。あの時レオはカルロに「愛している」と言われて、「嘘ばかり」と呟いたのだ。

(……分かる気がする。俺もフレイ様の言葉がなにも信じられなくて、孤独だった。苦しかった。レオ様も、同じだったのかもしれない……)

ルバインが今度のことで体を崩してしまったので、しばらくはチェーザが領主を代行することと、いずれ数年のうちにルバインがチェーザに領主の椅子を正式に渡すつもりであることも、キユナはノクシアから聞いた。それからノクシアは、声を落とした。

「お前にも…驚くことがあったろう……すまなかった」

ノクシアが謝ったのは、自分の出自のことだろうとキユナは思った。たっぷりした眉毛の下で、ノクシアの理知的な瞳が辛そうにキユナを見つめていた。

「……いいんです。ルバイン様の気持ちも、ノクシア様の気持ちも少しなら分かるつもりです。認知できなかった理由も…話せなかった理由も、ちゃんと了解しています」

「ルバインは自分が領主の座を降りる時に、お前をきちんと認知する予定だったのだ」

「聞きました。大丈夫です、これからだって待てますから」

キユナはノクシアを安心させるように、にっこり笑った。

「だからノクシア様……俺、まだエオトス家においてもらえますか？」

ノクシアは一瞬驚き、それからほっとしたように笑った。

「もちろんだ、私の可愛いおちびさん」

「もうそんな、ちびじゃありません」

ノクシアの安堵が、キユナにも伝わった。よかった。今はまだ、なにも変わらない。

「兄上、今馬車を呼んだ。しばらくしたら来るそうだ」

ふと玄関の外からフレイが入ってきた。昨日までの疲れた様子はなく、普段どおりの爽やかな伊達男のいでたちだった。けれどまるで何年ぶりかに会ったようにフレイが新鮮に見えて、キユナの胸はどきりと踊った。

「キユナ、もういいのか？　元気になったか？」

フレイはキユナを見ると、嬉しそうに駆け込んできた。キユナはその笑顔を、今までにないほど素直に受け入れることができた。そうするとフレイがいかに自分を大切に思っているのか、キユナの回復をいかに喜んでいるかが痛いほど感じられ、キユナは驚いた。

「フレイ様こそ……もう大事ないんですか」

「俺はどこも怪我をしてないからな。お前の背は？」

心配そうに言うフレイの左手には、包帯が巻いてある。決闘の時にキュナがつけた傷だと思うと、ちくりと胸が痛んだ。

「手当をしましたから。すいません、馬車の用意は俺がします」

慌てて外へ行こうとすると、ノクシアが引き止めた。

「大体のことはチェーザの使用人がやってくれるそうだ。二人はそこで座っていなさい。私は家主に挨拶してくるから」

ノクシアの言葉は、二人にとって父親の言葉同然だ。そう言われると一も二もなく、キュナはフレイと広間の長椅子に並んで腰かけた。こうして座ると子どものころに戻ったようで、キュナはなんとなく照れくさかった。

「……指環は、ルバイン卿に戻したのか」

フレイがキュナの右手を見て訊ねてきた。なにもなくなった薬指を触り、キュナはうなずいた。

「…落ち込むなよ。ルバイン卿のような相手なら、また見つかる。お前はいい子だから」

フレイが慰めるように言うので、キュナは怪訝に思った。

「なんの話ですか？」

「お前…ルバイン卿を好きになっていただろ？　お前はああいうたちの男が好きだからな。だが父親だったから、残念だったろうと」

眉を下げ、本気で気遣う表情のフレイに、キユナは心底脱力した。

(この人の中で、俺って本当に弟なんだ……)

淋しい気もするけれど、腹が立たないのはフレイがキユナを案じるように見つめているからだ。見当違いのこの優しさも、今はもう嫌ではない。

「フレイ様こそ……レオ様のこと、落ち込まれていませんか?」

「あいつがあんなに悩んでいたとは知らなかったがな。俺が落ち込んでも仕方がない」

「……もう、お気持ちがないということです?」

フレイになんのことだ、と訊かれてキユナはしどろもどろと言った。

「チェーザ様が、フレイ様はレオ様に恋をしていると……」

フレイは呆気にとられたように口を開け、それから忌々しげに舌を打った。

「適当なことを言うやつめ……俺はレオとはとっくに切れてるよ」

重くため息をつき、フレイはイライラと組んだ足を動かしていたが、やがてぽつりと「すまなかった」と呟いた。

「レオを友人として、哀れんでいたのは本当だ。だからあの城をやりたいとも思っていた。だがそれで、お前に解薬を渡さなかったわけじゃない」

キユナは大きな眼をしばたいてフレイの横顔を見た。

「……俺が恋をしているのは」

呟き、フレイは飴色の眼を苦しげに細めた。黙っていたキユナの視線を引き寄せるように、フレイは顔を傾けて見つめてくる。眼差しがからみ合い、フレイがゆっくりとキユナのほうへ身を傾けてくる。だが、互いの唇に吐息がかかった時、フレイが素早く身を引いた。

「兄上、遅いな」

フレイは突然立ち上がり、不自然なほど間を空けて長椅子に座り直した。

「そうですね」

(キスされるかと、思った)

期待した自分が少し恥ずかしくて、キユナは俯いた。

それからほどなくして、三人は用意された馬車に乗り都市ペルジーノにあるエオトス家別邸に戻った。ノクシアは屋敷へ着いてすぐ、コンセへの帰り支度を命じてきた。明日には三人で発つという。混乱しているペルジーノに長くいては、チェーザの邪魔になるだろうと考えたようだ。フレイの帰り支度は他の使用人に手伝わせると言うので、キユナは自分の居室を片付けることに専念した。

日が南から西へ傾き始めたころ、廊下に向けて開け放してあった扉をこんこん、と叩いてフレイがキユナの部屋の入り口に立った。

「ちょっと、いいか？」

どこか緊張したような面持ちのフレイに、部屋の掃除をしていたキユナはどきりと顔をあげた。

「あ、ウェナス卿とリアテラ夫人にお別れの贈り物をなさいますよね？」

思い浮かんだことを言うと、フレイは眉をひそめ「違う」と呟いた。

「……他の方ですか？」

「違う。贈り物なんぞしなくていい。……それより、これをやろうと思って…な」

フレイに差し出されたものを、キユナはおとなしく受け取った。それは小瓶で、中に透明の液体が入っている。香水かと思ったが、蓋を開けてもなにも香らない。キユナの部屋の粗末な書き物椅子に腰を下ろしたフレイは、解薬だ、と素っ気なく言った。

「え……」

キユナは驚いて振り返った。

「惚れ薬の解薬だ。……もっと早く渡すべきだったんだろうが……」

フレイは呟き、なにか言いかけたがそのまま黙ってしまった。

キユナは驚きつつ、掌中の小瓶を眺めた。一時は、欲しくて欲しくてたまらなかった解薬。だが今はもう、さほど興味もなかった。フレイへの気持ちがこんな薬一つでなくなるとも思えないし、なくしたいとも思えない。だがフレイは思い詰めた表情で、じっとキユナを凝視していた。

（どう見ても、俺が飲むのを待ってるみたいだ）

キユナはフレイがなにを考えているのか、分かる気がした。フレイはきっと、意地悪をして解薬を渡さなかったことで、キユナを傷つけたと後悔している。ここで解薬を渡し、キユナが飲み干してフレイへの恋心を失うまで、フレイは罪悪感にさいなまれるのだろう。

キユナはため息をついた。

(きっと変わらないだろうけど……仕方ないか)

生真面目な表情でこちらを見ているフレイに、ちらりと視線を投げる。それから、キユナは一息に中身を飲み干した。味はしない。まるで水のようだ。瓶を置いて、フレイを見つめた。

ちょうど南に差し掛かった陽光が、フレイの亜麻色の髪を照らしている。飴色の瞳が問うようにキユナを見つめている。

キユナは笑った。腹の底から、おかしさが込み上げてくる。なにも変わっていなかった。キユナはフレイが好きなままだった。

「ど、どうした？」

「……いえ、ちょっと変わったような気もします。はい」

だがキユナは嘘をついた。フレイはきっと、その答えを望んでいると思ったからだ。キユナは、これでなにもかも元通りだなと喜ぶフレイを想像した。ところが、フレイは椅子に座ったまま落胆とも安堵ともつかない微妙な表情を浮かべて、静かに押し黙っていた。

「……フレイ様。もう、いいんです。なにもかも終わったんですから」

キユナはそっと、声をかけた。小瓶を書き物机の上に置く。

「ペルジーノでのことは、忘れましょう。……コンセに帰ったら今までどおり。俺は口うるさい従者で、あなたは恋ばかりしている困った主人。それでいいですよね？」

「……お前は、それじゃあ、解薬を飲んでも忘れてはいないのか？」

「なにを？」

キユナは眼を丸めた。フレイは苦しげに眼を伏せた。

「…俺がお前にした、ひどい仕打ちだ」

「確かに揉めましたが、俺も意固地になっていたと今なら思っていますし」

そうじゃない、とフレイがキユナの言葉を遮った。

「俺が……お前の体に触れたことだ。接吻したり……お前を最後まで抱いた。そのことを覚えているんだろう……？」

キユナの胸に、甘いものが蘇ってきた。数日前までは思い出すと苦しいだけだったフレイの愛撫や口づけを、今はただ恥ずかしく甘く、そして切なく思い出すことができる。これは一生の、大切な思い出として胸にしまっておくつもりだ。キユナは頬を染め、照れ笑いした。だが眼を伏せているフレイにはキユナの表情は見えていないらしい。彼は青ざめ、膝の上で握った拳を震わせていた。

「……ひどいことをしたと思っている。俺はろくでなしだ。お前が可愛くて愛しくて、だめだと分かっていたのに、お前が薬を飲んでいる状況につけこんだんだ。正直に言えば、城や庭はどうでもよかった。お前が俺に惚れているのが、嬉しかったんだ」

フレイはうなだれて、苦しそうに眼をつむった。

「本当は、お前は俺なんか嫌いだろう。だから俺に惚れてるお前を見ているのが嬉しくて。もっと困らせたかった。お前の心の中を俺でいっぱいにしたかったんだ。それなのに俺はその自覚さえなくて、ルバインを落とせなんて……お前がルバインやチェーザと二人きりでいるのを見ただけで嫉妬で狂いそうだったのに…」

自分が許せないように、フレイは唇を噛む。それにキユナはうろたえた。

「そんなに気にされなくても……」

だがフレイは突然、椅子を降り床に膝をついた。

「…キユナ」

思いつめた眼差しで、フレイがキユナを見上げてくる。大きな手に包まれるように手をとられ、キユナはどきりとする。フレイの指は冷たくなり、震えていた。フレイはキユナの手の甲を己の額にあてて、許してくれ、と呟いた。

「フレイ様、俺に跪《ひざまず》いてはいけません……」

うろたえながら、キユナはフレイを立たせようとした。だがフレイはキユナの手の甲へそっと口づけた。それは、本来なら貴族のフレイが使用人でしかないキユナにはけしてしてはならない行為だ。手の甲への口づけは忠誠を誓うキス、已の主へのキスだ。

「フ、フレイ様…っ、なんてことするんです…っ」

キユナは慌てて手をひいたが、フレイはもう一度口づけた。今度はもっと長く。

「つま先にだって、口づけできる。お前になら」

顔をあげたフレイは、真剣な眼をしていた。焦げそうなほど熱い視線に、キユナはどぎまぎし、赤くなった。フレイが切なく眉を寄せる。

「愛してるんだ。お前を、愛してる。弟としてじゃなく、戯れの相手としてじゃない。他の誰にもお前を触らせたくないし、お前以外の誰ももう要らない。ずっとずっと昔からお前だけを愛していたのに、俺は愚かにも気づけなかった」

熱っぽいフレイの言葉に、キユナはぽかんと口を開けた。

「俺の言葉が、お前にはどれほど軽薄に聞こえているか、知っている。だが、信じてくれ。解薬を渡したのは、薬の効果ではなくお前自身の心で、俺を愛してほしいからだ。俺は努力する。だからせめて、俺に機会を与えてくれ」

フレイはなにを言っているのだろう。キユナがきょとんとしていると、フレイは困った顔でため息をついた。

「その…まだ嘘に聞こえるか？　なんて言えばいいか、分からないんだ……信じてくれとしか。言葉がこんなに不自由なものだと、思ったことはなかった……」

キユナは考えた。きっとフレイはキユナを傷つけたことをとても後悔しているのだ。そして幼いころ、母親のかわりに愛すると言ってくれたように、これからも愛すると言ってくれている。やっと納得し、キユナはにっこり微笑んだ。

「俺は薬なんて飲まなくても、フレイ様が好きですよ」

キユナは素直に告げた。ずっと言いたかった好きだという気持ちを、やっと口にできた。それだけで胸はいっぱいになり、嬉しくて頬が紅潮する。

「…俺が好き？」

「はい、愛しています」

フレイは眼を見開いてしばらく黙り込んでいたが、次の瞬間キユナをかき抱いた。

「キユナ！　キユナ…俺も愛している。お前を、誰より」

「はい、知っています」

フレイの愛情を、キユナはもう疑わない。それが恋情ではなく身内の愛だとしても、十分だ。フレイの腕はなぜか震えており、キユナはそれがおかしくて少し笑った。

「でも誰かの寝所の外で見張るのは、もう嫌ですよ」

キユナが釘を刺すと、フレイは訝しげに眉をひそめる。

「なんでお前がいるのに、俺が浮気をする？　俺はもう不誠実な男にはならない」

「不誠実もなにも…フレイ様はそういうお方でしょう？」

「確かにこれまでの俺はそうだったが、今はお前さえいればいい」

「そういう同情は不要です。俺はそのままのあなたで好きなんですから」

「俺もお前が好きだ、他のやつは要らない！」

「俺を好きならたまには俺の意見を聞いて――」

「お前こそ俺を好きならもう少し俺を信じて――」

二人は黙った。互いに怪訝な顔をして、見合わせる。

「キュナ、俺の愛情は、兄弟愛じゃないぞ」

キュナは一瞬、フレイの言う意味が分からなかった。今度は、キュナが口を開けて放心する。フレイはため息をつき、それから放心しているキュナの手に手を重ねた。

「キュナ・フィーレン、長い間お前だけを愛していたのに、気づけなかった俺は愚かだった。お前を愛することが長すぎ、自然すぎた。もしもう一度俺に機会を与えてくれる慈悲があるなら、どうか聞いて欲しい」

フレイの飴色の瞳は揺らめき、じっとキュナを見つめている。その中に、甘く、けれど焦れるほどの熱い光がある。キュナの心臓は、どくりとうごめく。

「万の嘘を重ねたこの愚か者の、最後の恋人になってくれ。俺は――生涯、キュナ・フィーレンだけを愛すると誓う」

誓いの言葉など要らない。そんなものは、キユナにはとっくに必要ではなくなっている。キユナはみなまで聞く前に、フレイの胸へと身を投げた。キユナの体を全て受けとめてくれる、力強いフレイの腕の中に。

フレイが嵐のようにキユナをかき抱く。二人は寝台の上に倒れこんで口づけをした。フレイの唇は今までとはまるで別物のように熱かった。ただ押しあてられるだけで、キユナは体の芯が甘く崩れそうになる。

「俺を信じてくれるのか？」

フレイの眼の中に、不安が揺れている。

嘘つきなフレイ。いいかげんでだらしがなくて気まぐれなフレイ。以前なら、キユナはきっと信じられなかった。信じて傷つくことが、怖かった。だが今は――。

「信じます」

キユナは迷いもなく応えた。フレイの言うことが真実か真実じゃないかは、どちらでもいい。この男を愛することができるなら、恐れを知らぬ愚か者でいたい。

「愛してる、キユナ…」

「はい、俺も……」

二人はきつく抱き合い、口づけを繰り返した。震えるほどの幸福で、キユナはまた泣きたくなった。それはフレイも同じなのか、彼の甘い瞳は潤んで揺れていた。

その時扉口で咳払いが聞こえ、二人はぎくりと身を強ばらせた。

「邪魔して悪いが……ちょっといいかね」

扉口にはノクシアが立っていた。キユナは頭の天辺を殴られたような衝撃を受け、まっ赤になってフレイを押しのけた。

「お、お茶を持ってこさせましょう!」

(見られた! よりによって、ノクシア様に……!)

だが居たたまれずに逃げ出そうとしたキユナを、引き止めてきたのはノクシアだ。

「いいんだ、キユナ。お前にも聞いてほしい。実はな、フレイ。お前の許婚のことだ」

フレイの顔がみるまに不機嫌になり、キユナは頬の火照りが冷えていくのを感じた。そうだ、フレイには許婚がいる。エオトスに仕える者として、フレイの決まった結婚を妨げることはできない。フレイを愛することは、ノクシアへの裏切りだ。

「俺は、結婚はしません」

フレイがきっぱりと言い放ち、キユナの腕をひいて抱き込んでくる。

「俺はキユナを愛しています。他の誰とも添い遂げない」

「フレイ様!」

慌てて、キユナはフレイから身をひいた。

「いけません、俺を理由にしては。あなたの結婚は、エオトス家のためです」

「お前は、俺をどこぞの男と結婚させて平気なのか？」

途端フレイは眉を寄せる。

「平気なわけないでしょう！　傷つきます。苦しみます。でも、ノクシア様を二人して裏切ってはなりません、エオトス家の…」

息苦しくなり、キユナの声は涙でしゃがれた。恋人と従者という狭間で、キユナは気持ちを揺らした。俯くと、フレイは厚い胸にキユナの小さな頭を抱き寄せた。

「お前以外とは添い遂げない、もう二度とお前以外に愛を囁かない。そんなことはできなくなったんだ。だから泣くな、俺はお前だけのものだ」

フレイから離れようとしてノクシアを見上げ、キユナは言葉を収めた。ノクシアは、小刻みに震えていたのだ。いつも穏やかなこの人が震えるほどに怒っているのかと、キユナは青ざめた。ところが次の瞬間、ノクシアは盛大に吹き出した。彼は大きな体を折り曲げて、声をたてて笑っていた。

「ああー、すまない、意地悪をしたな。いや、お前たちがあんまり面白くて……結婚の話だがそう悪いものではないよ、フレイ。お前の許婚はな…名を、キユナ・フィーレンと言う。どうだね？」

（……キユナ・フィーレン？　え？　俺？）

眼を丸めたキユナとフレイに、ノクシアはおどけたような口調でつけたした。

「黒い髪黒い瞳の私のおちびさんだよ。ああ、結婚にはあと数年必要だと思うが。ペルジーノの内情が落ち着いたころ、ルバインがキユナを認知するだろうからな」

嬉々として話すノクシアに、キユナは怪訝な顔で訊いた。

「……でもノクシア様、俺にいつも、フレイ様を早く結婚させろと仰ってましたよね？」

「それはお前たちがいつまで経ってもくっつかないから、そう言えば焦るかと思ってな。いやしかし、惚れ薬の効果はすごいものだ。まさかここまで変えてしまうとは」

「どう、いうことですか……？」

「フレイの性格なら、キユナが隠しているものに興味を持たないわけがない。絶対にどちらかが飲むと思っていたから、わざとキユナに渡したのだよ」

「ちょっと待ってください、兄上。今回はキユナが俺に惚れたからいいとして…別の誰かにどちらかが惚れるという事態は考えなかったんですか!?」

「それなら問題ない」

ノクシアは茶目っ気たっぷりに肩をすくめた。

「いかな錬金術師と言えど、いかにエオトスに古くから伝わる秘薬と言えど、人の心にもともと無いものを作り出すことなどできんよ。あれはな、もとから恋心がある場合にしか効かないのだ。だから解薬を飲んでも、大して変化はなかったろう？」

楽しげに告げるノクシアを、キユナは口を開けて見つめた。つまり、キユナはもとからフレイに恋心があったということだ。意味を理解した途端、キユナはまっ赤になって口許を押さえる。フレイが、驚いたようにキユナを振り返った。

「俺！　馬の様子でも見てきます！　何日もほうっておいたから心配で！」

なにか言われる前に、キユナは部屋を走り出た。弾かれたようにノクシアが笑い出す。

ああ、なんて恥ずかしい。本当はずっと前から自分はフレイに恋をしていたなんて。

屋敷の階段を駆け下りて、キユナは庭へ飛び出した。温かな春の陽射しをいっぱいに浴びると、一瞬羽根が生えたように自由な気持ちになった。

恋は人を愚かにする。

キユナは、いつか聞いた言葉を思い出していた。

（俺だって、本当はずっと前からものすごい愚か者だったんだ——）

フレイがキユナへの恋心に気づかなかったように、キユナもまた、気づいていなかった。

不意に、体の奥から笑いがこみあげてくる。昔からフレイに恋をしてきた自分が、キユナは今、愛しかった。

長い淋しさの末に、愛し愛されるこの幸せを感じられたのだから、これからも恋をしつづけていたい……。

いつのまにか笑い転げて庭を走りまわるキユナを、馬丁がぽかんと眺めている。

うららかな春の中で、キユナは今、世界一幸せな愚か者だった。

あとがき

　こんにちは、はじめまして。樋口美沙緒《ひぐちみさお》と申します。私にとっての初めての本、『愚か者の最後の恋人』をお手に取っていただき、ありがとうございます！　本が初めてならあとがきも初めて…なので緊張しています、どきどき。

　このお話はファンタジー、それも貴族が出てくるお話が書きたいなあと思って作りました。ちょうどシェイクスピアの『夏の夜の夢』を読んでいて、そこに惚れ薬というアイテムが登場するのですが、これをＢＬに使ったらどうなるかな～と思ったのがきっかけです。

　惚れ薬って、私が子どものころはよくマンガに出てきた小道具だったと思うのですが、最近見ない気がします。使い古されちゃったかなあとも思いつつ、やっぱり意に反して誰かを好きになって、そのうち本気に……、というのはおいしいシチュエーションですし、ＢＬで惚れ薬を使うなら、大好きな貴族男が書ける。そうしたらくさい口説《くど》き文句《もんく》が書けるじゃないか！　身分差もいける！　と思った私はそこからもう、萌え萌えモードでした。

その一番の被害者が、お話の主人公、キユナだったと思います。つらい思いをいっぱいさせて、ごめんね。でも主人公は最低三度泣かせないと気がすまない樋口ですので、許してください。

キユナはツンデレというよりは意地っ張りな子でした。作中ではキユナ視点なのでフレイのへたれっぷりが際《きわ》だっていましたが、キユナの鈍感ぶりは、結構罪だったと思います。遠回しな愛情表現は分からない子ですし、フレイはこれから苦労するだろうなあ……。でも、とりあえず、つらいことが多かったキユナも、これからはフレイにたくさん甘やかしてもらえるはず。なんだか喧嘩もいっぱいしてそうですけど（笑）。

フレイは……最初は遊び人の男前、締めるところはちゃんと締めるいい男を目指したのですが、気がつくとどんどんへたれていってしまいました。無神経発言の目立つ彼ですが……一応、あれでもキユナのことは大大大好きなのです。ほんとです！　チェーザがフレイに「例の従者」と言うシーンがあるのですが、あれはつまり、いつも周囲にキユナの話ばかりしていて、仲間内ではキユナは有名だった……という私の中の裏設定がありました。だからチェーザも手に入れようと燃えちゃったのかも。

でも、フレイのようないい加減男は私が一番書きやすいタイプでもあるので、楽しんで書けました。う〜ん、私がいい加減な性格だからでしょうか。

なにはともあれ、ここまでお読みくださった方、本当に本当にありがとうございました。

イラストを引き受けてくださった高階《たかしな》先生。以前から一方的に存じあげていた先生に描いていただけるなんて思ってもみなかったので、本当に感謝しています。キユナは可愛いしフレイは色っぽいし、あのフレイにになら抱かれたいと本気で思います。本当にありがとうございました！

そして鍛《きた》えるところ、つっこむところが多すぎた私に辛抱《しんぼう》強くおつきあいくださった担当のS様。優しく丁寧に、時に厳しくご指導くださり、本当にありがとうございます。私に呆《あき》れることたびたびだったと思いますが……同じ爺様キャラ好きということでこれからもよろしくお願いします！

支えてくれた家族とお友達。いつも刺激をありがとう。そしてすみません！

それでは、またいつか、皆さまとお会いできることを願っています。ありがとうございました！

樋口　美沙緒

作家・イラストレーターの先生方へのファンレター・感想・ご意見などは
〒101-0063東京都千代田区神田淡路町2-2-2
白泉社花丸編集部気付でお送り下さい。
編集部へのご意見・ご希望などもお待ちしております。
白泉社のホームページはhttp://www.hakusensha.co.jpです。

花丸文庫 BLACK

愚か者の最後の恋人

2009年1月25日　初版発行

著　者　樋口美沙緒 ©Misao Higuchi 2008

発行人　藤平 光

発行所　株式会社白泉社
〒101-0063 東京都千代田区神田淡路町2-2-2
電話 03(3526)8070［編集］　電話 03(3526)8010［販売］

印刷・製本　株式会社廣済堂
Printed in Japan　HAKUSENSHA
ISBN978-4-592-85042-7

定価はカバーに表示してあります。

●この作品はフィクションです。
実在の人物・団体・事件などにはいっさい関係ありません。

●造本には十分注意しておりますが、
落丁・乱丁(本のページの抜け落ちや順序の間違い)の場合はお取り替え致します。
購入された書店名を明記して「制作課」あてにお送り下さい。
送料小社負担にてお取り替え致します。
但し、古書店で購入したものについてはお取り替え出来ません。

ユメをカタチに。

花丸新人賞作品募集

小説部門

✿上位作品は必ず雑誌掲載または刊行！

✿全作品の批評コメントを小説花丸に掲載！

✿新鮮度優先の「特別賞」つき！

賞金

入選	30万円
佳作	15万円
選外佳作	5万円
奨励賞	3万円
ベスト7賞	7千円
特別賞	1万円

（ジャンル・テーマやキャラクターなどに、新鮮な魅力があった作品に差し上げます）

◇応募方法　他◇

●未発表のオリジナル小説作品。同人誌・個人ホームページ発表作品も可。他誌で賞を取った作品は応募できません。テーマ、ジャンルは問いませんが、パロディは不可。読者対象は10～20代の女性を想定してください。●原則としてワープロ原稿でお願いします。枚数はB5またはA4の用紙（感熱紙はコピーをとってコピーの方をお送りください。）に20字×26行を1段として、24段以上無制限。印字はタテ打ちで字間・行間は読みやすく（字間よりも行間のほうを広く取ってください）1枚の紙には3段までとし、20字×2000行以上の小説には400字程度のあらすじをつけてください。●原稿のオモテ面のどこかに通し番号（ノンブル）をつけて、ひもやダブルクリップなどで綴じておいてください。●簡単な批評・コメントをお送りします。希望の方は80円切手を貼って自分の住所・氏名をオモテ面に書いた封筒（長4～長3サイズのもの）を同封しておいてください。

◇重要な注意事項◇

整理の都合上、1人で複数の作品応募の場合は1つの封筒に1作品のみを入れてください。また、過去に花丸新人賞に投稿した作品のリメイク（書き直し）及び続編作品はご遠慮ください（なるべく新作を）。他誌の新人賞に投稿した作品は、必ず審査結果が判明した後に応募してください。1つの作品を同時期に募集している2つ以上の新人賞に投稿するのは絶対にやめてください（事情によっては入賞を取り消すこともあります）。ご記入いただいたあなたの個人情報は、この企画以外には使用いたしません。●あて先／〒101-0063 東京都千代田区神田淡路町2-2-2　白泉社　花丸新人賞係（封筒のオモテに「小説部門」と赤字で明記してください）●しめきり／年4回●審査員／細田均小説花丸編集長以下花丸編集部●成績発表／小説花丸誌上●応募要項／作品タイトル・ペンネーム（フリガナ）・本名（フリガナ）・年齢・郵便番号・住所（フリガナ）・電話番号・学校名または勤務先・eメールアドレス・他誌投稿経験の有無（ある場合は雑誌名・時期・最近または最高の成績）・批評の要・不要及び編集部への希望・質問を原稿の第1ページ目のウラに書いてください。●受賞作品は白泉社の雑誌・単行本などで掲載・出版することがあります。その際は規定の原稿料・印税をお支払いします。また、受賞者への賞金は結果発表号の発売日から1か月以内にお支払いする予定です。●イラスト部門もあります。最新の情報は小説花丸、白泉社Web内の「ネットで花丸」をご覧ください。